혼이 담긴 시선으로

나에게 묻고 나에게 답한다

혼이 담긴 시선으로

고도원
지음

꽃을 바라봅니다.
그냥 바라보면 아름다운 꽃만 보이지만
혼을 담아 바라보면 아름다운 꽃망울에 맺힌
비바람과 눈보라가 보입니다.
사람을 바라봅니다.
그냥 바라보면 울고 웃는 얼굴 표정만 보이지만
혼을 담아 바라보면
눈물 속에 기쁨이, 웃음 속에 슬픔이 녹아 있는
그 사람 내면의 표정이 보입니다.
하루하루 중요한 것을 놓치고 사는 경우가 너무 많습니다.
무엇이 중요한지조차 모르고 삽니다.
표면만 보고 살기 때문입니다.
영혼 없이 일을 하고, 영혼 없이 사람을 만나니

가장 중요한 때 가장 중요한 것을 못 보거나 놓치고 맙니다.

수백 번 카메라 셔터를 눌러도 혼이 담기지 않으면

단 한 장의 사진도 작품으로 건질 수 없듯이

혼이 담기지 않으면 아무리 오래 만나도

깊은 사랑을 할 수 없습니다.

혼이 담기지 않으면 아무리 바쁘게 일을 해도

경지에 이를 수 없고

아무리 손끝이 빨라도 예술이 되지 못합니다.

혼을 담아야 비로소 제대로 보이고 뜨겁게 사랑할 수 있습니다.

〈고도원의 아침편지〉를 쓴 지 15년째,

아침편지명상치유센터 '깊은산속옹달샘'을 시작한 지 10년째,

그동안 지친 몸과 마음을 다시 일으키고자

애쓰는 분들을 많이 만났습니다.

인생의 갈림길에서 새로운 꿈을 찾고

누군가에게 다가가 마음을 열고 싶어하는 분들을 만났습니다.

감사하게도 그분들의 가슴속에 있는

간절한 물음들을 함께할 수 있었습니다.

그분들과 울고 웃으며 함께 묻고 답히는 과정에서

제 안에 또다른 제가 있는 것을 발견했습니다.

한 청년의 물음이 저의 물음이었고

그에게 주는 답이 저에게 주는 답이기도 했습니다.

그리고 그 순간에 못다 한 수많은 질문과 답이

제 안에서 솟구쳐 올랐습니다.

그러고는 분명한 결론 하나를 얻었습니다.

언제 어디서 무엇을 하든

혼이 담긴 시선으로 살아가야 한다는 것입니다.

똑같은 나무도 목수가 누구냐에 따라

단순한 건물에서 작품으로, 작품에서 예술로 올라섭니다.

인생의 나무도 마찬가지입니다.

한 번뿐인 내 인생의 유일한 목수는 다름 아닌 자기 자신입니다.

못질, 대패질을 한 번 해도 혼을 담아야 좋은 집을 지을 수 있습니다.

혼을 담아 지은 다리는 오랜 세월이 흐르고

거센 비바람과 눈보라가 몰아쳐도 끄떡없이 건재하지만

건성으로 만든 다리는 그저 작은 충격에도 주저앉습니다.

혼을 담는다는 것은 마음을 담는 것입니다.

마음을 기울여 말하고 혼이 담긴 눈빛으로 바라보고,

사랑이 담긴 손을 건네는 순간

세상은 빛이 나고

저마다 새로운 사람으로 다시 태어납니다.

그때 우리는 자신을 향한 수많은 질문에 스스로 답할 수 있습니다.

가끔은 멈추어 숨을 고르고

어디로 가는지 자신에게 물어보십시오.

내 몸과 마음이 잘 따라오고 있는지도 되돌아보십시오.

곁에 있는 사람의 눈빛도 살펴보십시오.

서로가 혼이 담긴 시선으로 바라보는 순간,

새로운 우주가 열리게 될 것입니다.

사랑은 깊어지고

그가 내 안에, 내가 그 안에 들어와 하나가 될 것입니다.

여러분의 사랑, 여러분의 삶을 응원하고 또 응원합니다.

2015년 봄, 깊은산속옹달샘에서

고도원 드림

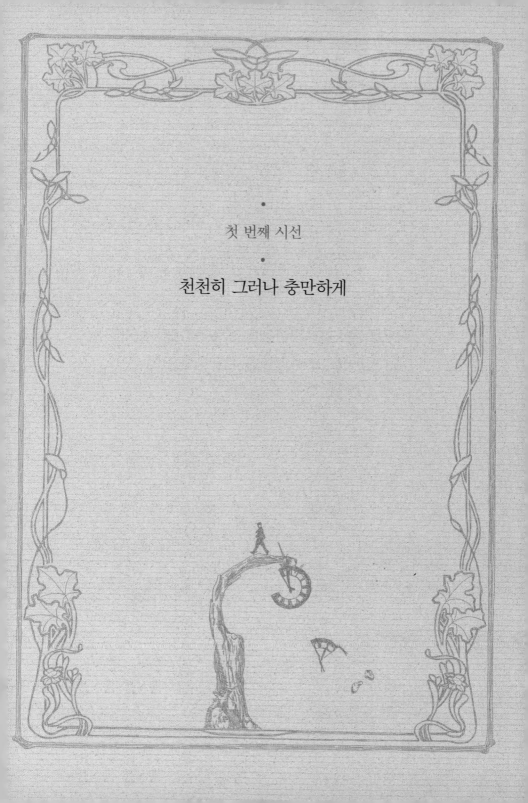

첫 번째 시선

천천히 그러나 충만하게

한 청년이 물었다.

"어떻게 해야 매일 쫓기는 듯한 불안감에서 벗어나
마음의 여유를 가지고 살아갈 수 있을까요?"

지금, 나는 어디로 가고 있는가?

인생에서 가장 바쁘고 힘든 시기가 언제일까. 아마도 이삼십 대일 것이다. 매일매일 바쁜 일상 속에서 정신없이 내달리는 때다. 그러다 어느 날 문득 '이렇게 달리며 사는 게 맞는가' 하는 회의가 들기도 한다.

어떤 분이 내게 "다시 이삼십 대로 돌아가게 된다면 어떠시겠어요?"라고 물은 적이 있다. 그때 나는 별 망설임 없이 대답했다.

"저는 그 시절로 돌아가고 싶지 않습니다."

이십 대에 나는 '제적 학생'으로 사회적 낙오자가 되어 절망의 계곡을 헤맸고 삼사십 대에는 신문기자로 숨가쁜 생활을 했다. 그때 같은 기자들끼리 농담 삼아 한 말이 있다.

"가정을 버려야 가정을 지킨다."

그러나 그 말은 결코 농담이 아니었다. 나는 가정을 '버려야' 가정을 '지킬' 수 있다는 사실을 뼈저리게 경험했다. 그만큼 정신없이 내달리는 시기였다. 가정을 돌볼 수 없을 만큼 밖으로만 돌았다. 쉬지 못했을 뿐 아니라 스트레스도 엄청나게 받았다.

기자에겐 특종거리가 생명이다. 그래서 특종이란 신기루에 목숨을 걸다시피 했다. 생활은 불규칙했고 언제 어디로 달려가야 할지 모르는 긴

장된 시간의 연속이었다.

'특종'의 반대가 '낙종'이다. 낙종이라도 하는 날이면 나는 거의 죽은 목숨과도 같았다. 모든 에너지는 다 사라지고 한순간에 땅으로 꺼지는 듯한 자괴감을 느꼈다. 하루하루가 살얼음판이었다.

지금도 그때를 생각하면 뒷머리가 당기는 듯하다. 만약 그 시절에 지금처럼 '쉼표'를 찍는 방법을 알았다면 그토록 힘들게 살지는 않았을 것이다. 그러나 돌이켜보면 그런 고통의 시절이 고맙기 그지없다. 그 시절의 고통이 오늘날의 나를 있게 한 꿈을 갖도록 했기 때문이다.

몸이 무너진 경험을 해야 다시 일으켜 세우는 꿈도 꿀 수 있다. 무너진 몸을 다시 세워가며 쉼과 회복과 치유의 중요성에 눈을 뜨게 되자, 나처럼 힘들게 달리다 무너진 사람들이 잠깐 멈춤을 통해 스스로의 힘으로 자기 자신을 살리고 다시 삶으로 건강하게 돌아갈 수 있는 명상치유센터를 세우고 싶다는 꿈을 품었다.

그때부터 세계의 유명 명상센터들을 방문하기 시작했다. 플럼빌리지, 오쇼 센터, 오르빌 마을, 멜크 수도원 등을 다니면서 꿈이 구체화되기 시작했다. 무겁게 짓눌리던 어깨가 가벼워지고 눈에서 빛이 나는 나 자신을 발견했다.

틱낫한 스님의 플럼빌리지를 방문했을 때 일이다. 그곳에서는 한 시간 간격으로 종을 쳤다. 땡 소리가 나면 모두 하던 일을 멈춰야 했다. 종소리에 따라 멈췄을 때 갑자기 내 안에 고요함이 찾아왔다. 마음이 편안해지면서 갑자기 눈물이 났다.

'아, 내 인생에 이런 순간도 있구나⋯⋯.'

큰 발견이었다. 그때까지 난 한 번도 멈춰본 적이 없었다. 뭐든 잡으려고 조바심치며 쫓기듯 살았다. 그렇게 살아야만 되는 줄 알았다. 밥도 5분 만에 먹었다. 밥을 먹는 게 아니라 그냥 입에 밀어 넣었다고 하는 게 맞을 것이다. 그런데 플럼빌리지에서 밥을 먹다 멈춰보니 먹는다는 것이 새삼스럽게 느껴졌다. 그동안 몰랐던 향을 느끼고, 음식의 맛을 느끼고, 만든 이의 정성을 느끼면서 배뿐 아니라 마음 가득 포만감이 차올랐다.

종소리에 따라 잠깐 멈추던 순간, 세상의 속도에 맞춰 내달리느라 놓쳤던 마음의 소리가 들리기 시작했다. 나 때문에 아파한 사람의 소리, 떠나간 친구의 음성, 하늘에서 울리는 어머니의 목소리, 내면에 잠재한 무의식 저편의 소리들이 들려왔다.

그 깊은 마음의 소리를 만나자 모든 것이 새로워지는 듯했다. 앞으로 어떻게 살아야 할지 새로운 문이 열리는 듯했다. 열심히 살더라도 가끔은 멈출 줄 알아야 된다는 것도 알게 되었다. 이따금 멈추고 쉬어가야 삶이 깊어지고 아름다워진다는 사실을 깨달았다.

그 멈춤의 첫 경험 덕분에 무조건 바쁘게 일하고, 참고 견디며 살아야 한다고 믿었던 삶의 방향이 바뀌었다. 그때 내 인생의 2막이 새로 시작되었다고 해도 좋을 것이다.

멈춤의 시간이 중요하다는 것을 깨달은 뒤 내 삶은 크게 달라졌다. 지금은 '잠깐 멈춤'의 달인이 되었다. 하루하루의 일상에서도 잠깐 멈춤의 시간을 만들려고 노력한다. 밥 먹다가도 잠깐 멈추고, 걷다가도 잠깐 멈춘다.

씻는 시간, 차를 마시는 시간, 사랑하는 사람과 만나는 시간, 친구와 마음을 나누는 시간에도 잠깐 멈춤이 필요하다. 그 멈춤의 시간이 오히려 삶의 여유와 충만함을 안겨주는 채움의 시간이 될 수 있다. 좋은 휴식과 여유의 시간이 될 수 있는 것이다.

나는 여행을 좋아한다. 여행도 좋은 멈춤의 시간이기 때문이다. 여행을 통해 멈춤의 시간을 갖지만, 떠나면서 '다녀와서 뭘 해야지' 하는 생각을 하지 않는다. 오롯이 여행을 즐길 뿐이다. 그렇게 여행을 다녀오면, 신기하게도 다음 길이 보인다. 미리 계획하거나 궁리하지 않았는데도 말이다.

바쁠수록 한 호흡 멈추어보라. 지금 서 있는 인생의 오르막과 내리막에서 올바른 방향을 찾지 못하고 있다면, 잠깐 멈추고 돌아보아야 할 시간이다. 말을 타고 달리다 '내 영혼이 잘 따라오는지' 돌아보기 위해 잠깐 멈추어 서는 인디언처럼. 그래야 내가 달려온 길을 돌아볼 수 있고, 내가 가고자 하는 길도 제대로 볼 수 있다.

그리고 그제야 비로소 자신의 진정한 모습과 마주하게 된다. 바쁘고 힘들어하며 앞만 보고 가느라 늘 버려두었던 나 자신과 만나는 것이다. 그때 이렇게 물어도 좋을 것이다.

"지금, 나는 어디로 가고 있는가?"

이삼십대는 자신을 발견하고 방향만 잘 잡으면 된다. 방향이 먼저다. 속도는 그 다음이다.

천천히 그러나 충만하게
•

'떨어져도 튀어오르는 공'

"그래 살아봐야지 / 너도나도 공이 되어 / 떨어져도 튀는 공이 되어".

정현종 시인이 쓴 「떨어져도 튀는 공처럼」이란 시의 한 구절이다.

모든 공이 잘 튀는 것은 아니다. 바람이 적당히 들어 있어야 하고, 탄력이 있는 공이어야 잘 튀어오른다. 바람이 빠져 있거나 탄력을 잃은 공은 결코 튀어오를 수 없다. 한번 바닥에 떨어지면 그 자리에 주저앉고 만다. 돌아오지 못한다.

지금 나의 탄력은 어느 정도일까? 나에게 탄력이 있다는 것은 내 몸 안에 '공기'가 남아 있다는 뜻이다. 몸과 마음이 바닥으로 떨어지더라도 다시 튀어오를 수 있는 에너지가 내 안에 남아 있다는 뜻이다. 그 에너지가 내 몸에 탄력과 회복력을 안겨준다. 다시 일어나서 솟구칠 수 있게 해준다.

탄력이 있는 사람은 주저앉지 않는다. 반드시 자기의 자리로 되돌아간다. 삶의 어려움에도 쉽게 무너지지 않는다.

세계적인 건축가 안도 다다오는 어릴 때부터 프로 권투선수를 꿈꾸었다. 열일곱 살 때 권투선수가 되었다. 하지만 2년 만에 포기했다. 권투선수의 삶이 자신의 길이 아니라는 사실을 깨달았기 때문이다. 아무리 노력해도 자신은 최고의 기량에 미칠 수 없다는 것을 알아버렸다.

어려운 가정 형편 때문에 대학에 갈 수도 없었다. 하지만 안도 다다오는 다시 튀어올랐다. 자신이 어릴 때부터 만드는 것을 좋아했다는 사실을 떠올렸다. 그리고 헌책방에서 우연히 세계적인 건축가 르 코르뷔지에의 작품집을 보고 전율을 느꼈다. 그는 그날로 건축가의 꿈을 꾸기 시작한다.

그때부터 그는 세계를 여행하며 독학으로 건축을 공부했다. 수많은 공모전에서 떨어졌지만 포기하지 않았다. 그때마다 다시 솟구쳐 올랐다. 그러고는 마침내 스미요시 주택을 시작으로 자신만의 독특한 작품 세계를 인정받으며 세계적인 건축가로 우뚝 섰다.

바닥에 떨어져도 솟구쳐 오르는 힘이 바로 탄력이다. 탄력은 심리적 회복력이라고 할 수 있다. 심리적 회복력이 있어야 다시 시작할 수 있다. 권투선수의 꿈을 접었어도 세계적인 건축가로 다시 태어날 수 있다.

 5년 동안 쉬지도 않고 피 말리는 긴장 속에 대통령 연설문을 쓰던 시절, 어느 날 자고 일어났는데 갑자기 목이 돌아가지 않았다. 몸 한쪽에 마비 증상도 생겼다. 보통 일이 아니었다. 약에 의존하기 시작했다. 하루하루를 온통 약으로 버티며 지냈다. 청와대를 떠나던 날 짐 정리를 하는데 내 책상서랍마다 수십 개의 약봉지가 쏟아져 나올 정도였다.

17년 동안 신문기자 생활을 하던 시절도 비슷했다. 몸은 늘 고단했고 심리적·정신적 회복력도 바닥을 쳤다. 어느 해인가는 휴가를 얻어 내내 죽은 듯 잠만 잤다. 그런데도 몸은 조금도 회복되지 않았다. 아내가 "이게 무슨 휴가냐"며 싸움을 걸어올 정도였다.

다행스럽게도 요즘 나의 회복력이 엄청나게 좋아졌다. '이게 내 몸이 맞아?' 할 때도 있다. 내 몸은 피로가 쌓이면 가장 먼저 목이 갈라지고 코가 헌다. 예전에는 이 부위에 문제가 생기면 낫는 데 사흘에서 길면 일주일이 걸렸지만 요즘은 하루만 지나도 좋아진다.

나이가 들수록 회복력이 떨어지게 마련인데 오히려 회복력이 좋아졌다. 이유는 무엇일까.

가장 상식적인 답은 음식과 공기에 있다. 깊은산속옹달샘에서 만드는 '사람 살리는' 음식을 먹고 좋은 공기 속에서 살다 보니 내 몸의 면역력이랄지 자연회복력이 좋아진 것이 아닌가 하는 생각이 든다. 그러나 더 중요한 것은 심리적 회복력에 있다.

일에서 생기는 스트레스를 객관적으로 보면, 예전에 연설문 쓸 때와 요즘 〈고도원의 아침편지〉를 쓰고 깊은산속옹달샘을 운영하는 스트레스가 거의 같다. 어떤 면에서 해야 할 일의 범위는 더욱 커졌다.

하지만 내가 느끼는 정신적·신체적 무게감은 전과 비교할 수 없을 만큼 가볍다. 지금의 스트레스는 나에게 더 이상 고통이 아니다. 나를 힘들게 하지 않는다. 오히려 기쁘게 한다. '이 나이에 이렇게 바쁠 수 있다니' '이런 문제로 고민할 수 있다니'라고 생각하면 저절로 힘이 솟는다. 스트레스를 포함한 모든 것을 긍정적으로 생각하게 된 것이다.

탄력 있는 삶이란 긴장과 쉼이 반복해서 공존하는 것이기도 하다. 권투선수로 치면 한 라운드를 뛸 때 3분 동안은 온 힘을 쏟아내고, 1분 동안은 온몸으로 쉰다. 3분 뛰고 1분 쉬고, 3분 뛰고 1분 쉬고를 반복하며 자기의 최대 기량을 발휘할 수 있어야 '탄력 있는' 좋은 선수가 될 수 있다.

탄력 있는 선수는 리듬을 탈 줄 안다. 3분과 1분을 리듬으로 만들 줄 안다. 이렇게 리듬을 타고 리듬을 만들 줄 알아야 몸과 마음이 바닥에 떨어지는 순간이 와도 다시 튀어오를 수 있게 된다. 일상에 탄력이 붙고 인생을 힘차게 살아갈 수 있다.

리듬에는 고음도 있고 저음도 있다. 평탄대로와 비탈길, 꽃밭과 가시밭길이 늘 공존한다. 승승장구할수록 비탈길을 내다보고, 가시밭길을 걸을 때 꽃길을 생각할 수 있다면 인생에도 탄력과 리듬이 깃든다.

생각이 막힐 땐 걸어라

젊은 시절 대학 교수로 일했던 니체는 심한 두통 때문에 일을 그만둘 수밖에 없었다. 두통을 벗어나기 위해 시간이 날 때마다 알프스의 산들과 호숫가를 걸으며 지냈다.

바로 이 시기에 쓴 책이 『차라투스트라는 이렇게 말했다』였다. 숲속에서 걷기 시작하자 아팠던 머릿속이 맑아지면서 영감이 샘솟았고, 그것이 위대한 저작으로 이어진 것이다.

니체는 자신의 걷기에 대해 이렇게 말했다.

"걸으면서 생각하는 사람은 얽매인 데가 없어 자유롭다. 그의 사유는 다른 책의 노예가 되지도 않고 다른 사람들의 사유에 의해 무거워지지도 않는다."

니체가 아니더라도 누구든 천천히 걷다 보면 고요해지고 마음이 편안해지면서 생각이 정리되고 영감이 떠오른다.

2005년 아침지기들과 함께 찾아간 플럼빌리지에서 난생 처음 걷기 명상을 체험했다. 그리고 그때 내 인생이 바뀌었다.

걷기 명상을 이끌던 스님이 말했다.

"걷는다는 것은 지구를 조심스레 만지는 일입니다. 지구를 조심스럽게 만지면서 걷다 보면 이 지구를 사랑할 수밖에 없습니다."

한 걸음을 옮기면서 숨을 깊이 들이쉬고 다시 한 걸음을 내딛면서 내쉬라는 설명이 뒤따랐다. 그렇게 천천히 걸으면서 혼이 담긴 시선으로 하늘을 보고 나무를 보라고 했다. 목표도 방향도 시간도 내려놓고 천천히 걸어보라고 했다.

그렇게 걷노라니 갑자기 마음속이 고요해지기 시작했다. 동시에 가슴 깊은 곳에서 무언가 뜨거운 것이 올라오는 것을 느꼈다. 그 뜨거움이 목울대를 타고 올라오더니 나도 모르게 눈물이 쏟아져 나왔다. 고요하면서도 벅차게 차오르던 그때의 느낌을 지금도 잊을 수가 없다.

나는 요즘도 아침마다 걷기 명상을 한다. 걷기 명상을 30분만 해도 머리가 맑아지고 정화되는 것을 느낀다. 어느 날은 한 시간을 걸었는지 두 시간을 걸었는지 모를 만큼 몸과 마음이 푹 빠져드는 깊은 순간도 만나게 된다.

그렇게 걷기 명상을 마치고 컴퓨터 앞에 앉으면 아침편지 쓰기가 수월해진다. 머릿속이 안개가 걷힌 듯 명료해지고 생각지도 못했던 글이 나도 모르게 나온다. 내 안에 잠겨 있던 영감이 손가락을 타고 솟아오르는 것이다.

걷기는 매우 좋은 명상법의 하나다. 걸을 때는 되도록 아무런 생각을 하지 않고 걷는 게 좋다. 가령 자신에게 무슨 문제가 있다면 애써 답을 찾으려 하지 말고 천천히 걷기만 하는 것이다. 그렇게 걷고 나면 내 안에 자연스럽게 해답이 떠오른다.

걷기 명상은 영감만 주는 것이 아니다. 몸과 마음의 치유까지 도와준다. 특히 자연에서 걷다 보면 더 특별한 치유를 경험할 수 있다. 자연이 주는 기운에서 에너지와 생기를 얻는 것이다. 온몸의 감각이 살아나고 잠에서 깨어나는 듯 상쾌한 느낌을 받는다. 나무가 많은 숲속이나 산길이라면 더할 나위 없이 좋다. 어느새 '강 같은 평화'가 찾아들고 새로운 시작, 새로운 하루가 열린다.

걷기 명상은 어디에서나 할 수 있다. 중요한 것은 땅바닥에 내딛는 한 걸음 한 걸음에 집중하는 것이다.

머리가 복잡하거나 생각이 막힐 때 천천히 고요하게 걸어보라. 어느새 길이 보일 것이다. 아무리 몸이 지쳐 있어도 다시 살아나는 몸을 발견하게 될 것이다. 마음의 풍랑이 아무리 거세게 일어도 걷기를 하면 이내 잠잠해진다. 잠잠하고 고요하게 만드는 걷기, 우리 몸과 마음을 다스리는 최고의 선물이다.

느긋하게, 그러나 미리미리

속도의 시대다. 너나 없이 숨가쁘게 살아간다. 빨라야 살고 느리면 밀린다고 생각한다. 절반은 맞고 절반은 틀린 생각이다. 너무 빠르게 가려다가 더 늦어지는 경우도 있고, 느리게 갔는데 더 빨리 도달하는 경우도 많다.

요즘 나도 바쁜 일정 속에 살고 있다. 거의 매일 새벽부터 저녁까지 빈틈이 없다. 어떤 분들은 '해병대 일정'이라고도 하고 '살인적인 스케줄'이라며 혀를 내두른다. 그럼에도 불구하고 늘 여유가 있어 보인다는 말을 자주 듣는다. 왜 그럴까? 아마도 언제부터인가 내 몸에 밴 습관 덕분이 아닐까 한다.

첫번째 습관은 일의 우선순위를 먼저 정하는 것이다. 하루라도 빨리 해결해야 할 일, 하루이틀 정도는 여유가 있는 일, 시간이 걸리더라도 천천히 결정해야 할 일의 시간표를 짜놓고 이를 수시로 살펴본다. 그때마다 일의 순서가 지도처럼 보인다.

'어? 이건 당장 안 해도 되는데? 그럼 뒤로 미뤄야겠다.'

가장 중요한 것, 급한 것이 무엇인지를 그려놓고 그 지도대로 시작하면 된다.

이런 습관이 쌓이다 보면 나름의 흐름이 생긴다. 긴급도, 중요도에 따라 일의 순서가 바뀌고 그 순서에 맞게 일을 처리하는 습관이 자연스럽게 몸에 배게 된다.

둘째는, 미리 철저하게 준비하는 습관이다. 눈앞에 닥쳐서야 쫓기듯 하는 것이 아니라 미리미리 준비하는 것이다. 시간적 여유가 더 많아지고 또 더 열심히 준비해 두면 남은 시간이 편안하고 자유로워진다.

내가 기자로 일하던 1994년 김일성 주석이 김영삼 대통령과 남북정상회담을 앞두고 갑자기 사망했다. 언론에서는 난리가 났지만 나는 발빠르게 기사를 쓸 수 있었다. 언젠가부터 고령의 김일성 주석이 사망할 시점이 다가온다고 생각하고 시간이 날 때마다 자료를 찾아 미리 기사거리를 준비해 놓았기 때문이다.

신문기자가 주요 인물들의 사망사고가 일어난 뒤 취재하기 시작하면 이미 때가 늦은 거다. 깊이 있는 기사도 쓰기 어렵다. 허겁지겁하다가 시간 싸움에 밀릴 수밖에 없다.

15년 동안 매일 써오고 있는 아침편지도 미리미리 쓰려고 노력한다. 그날그날 닥쳐서 쫓기듯 쓰면 좋은 글이 나올 수 없기 때문이다.

준비를 미리 하면 남은 시간 동안 미흡한 것들을 여유 있게 살필 수 있다. 마지막까지 중요한 것을 놓치지 않고 세심한 부분까지 다듬을 수 있게 된다. 그래서 나는 아침지기들에게도 늘 "느긋하게, 그러나 미리미리"를 강조한다.

일을 미루기 시작하면 늘 조급하고 늘 바쁘다. 미뤄둔 일이 언젠가 내게 '앙갚음'을 하기도 한다. 그 일을 처리하지 못한 데 따른 스트레스가 커지고, 그 스트레스의 무게에 짓눌려 일의 결과물도 신통치 않게 된다. 뒤따르는 더 큰 스트레스와 피로감으로 자칫 회복하기 힘든 상태가 될 수도 있다.

약속 시간에도 많은 것이 담겨 있다. 약속 시간을 지키는 것 하나만으로도 그 사람이 보인다. 매사 허겁지겁 쫓기듯 사는 사람인지 아니면 여유 속에 사는 사람인지 한눈에 읽힌다. 약속이 있을 때는 10분이라도 미리 움직이는 게 좋다. 미리 움직이면 편안한 마음으로 느긋할 수 있지만 촉박해서 출발하면 마음부터 급해진다. 약속 장소에 가는 시간 내내 긴장하게 되고 금세 피곤해진다.

셋째는 뇌의 용량을 최대한 넓히려고 노력하는 습관이다. 아무리 많은 일을 하고 많은 생각을 해도 뇌가 지치지 않도록 마음을 다스리고 훈련하는 것이다.

뇌를 '미리미리' 비워주는 것도 뇌를 지치지 않게 만드는 한 방법이다. 컴퓨터에 비유할 수 있다. 컴퓨터의 용량이 꽉 차면 더 이상 새로운 정보를 저장할 수가 없게 된다. 그럴 때 쓰는 방법이 기존의 정보들을 말끔히 지우는 것이다. 우리의 뇌도 불필요한 것들로 가득 차 있다면 새로운 생각을 담을 공간이 부족해진다. 그래서 비워내는 노력이 필요하다. 명상은 머릿속의 생각들을 '비워내는' 데 큰 도움이 된다.

또 하나는 뇌를 업그레이드하는 방법이다. 아예 그릇 자체를 키워서 더 많은 내용을 담을 수 있게 하는 것이다. 우리 뇌는 그야말로 '무한대'의 내용물을 채울 수 있다. 우리가 쓰지 않아서일 뿐이지 어떻게 키우느냐에 따라 뇌의 용량은 천차만별이다. 생각하는 것을 귀찮아하기 시작하면 뇌 용량은 줄어들기 시작한다. 그래서 나는 늘 이렇게 기도한다.

"생각하는 것이 귀찮아지지 않게 해주소서."

뇌 용량이 큰가 작은가 하는 문제는 생각과 판단의 속도와도 연결된다. 어떤 사람은 작은 문제를 해결하는 데도 너무 많은 시간을 소비한다. 그러니 늘 마음의 여유가 없다. 또 어떤 사람은 아무리 큰 문제가 생겨도 순간순간 현명하고 지혜로운 판단을 내린다. 뇌의 생각 공간에 여유가 있으면 삶에도 그만큼 여유가 생기는 것이다.

일상이 숨가쁘고 늘 마음이 바쁜 사람이라면 지금 이 순간 자신의 우선순위를 돌아볼 필요가 있다. 우선순위의 지도가 그려졌는데도 도무지 숨이 차서 견딜 수 없다면 지금 자신이 들고 있는 짐의 무게를 살펴보는 것이 좋다. 내가 들 수 있는 능력보다 너무 많은 짐을 지고 있는 것은 아닌지 점검해 보아야 한다. 그리고 그것이 행여라도 자신의 욕심에서 비롯된 것은 아닌지도 겸허하게 돌아보아야 한다.

첫 번째 시선
•

욕심이 앞서면 판단이 흐려진다. 일이 밀려들 때 어느 것이 중요한지, 어느 것이 긴급한지를 판단해야 하는데 욕심이라는 악마가 그 판단을 흐려놓는다. 한꺼번에 여러 가지 일을 동시에 벌이다가 어느 순간 다 놓치는 결과를 가져오게 된다.

욕심은 마음의 여유를 가로막는다. 아무리 가진 것이 많아도 늘 쪼들리고 궁핍하다. 무엇이 소중한 것인지 어디에 마음을 두고 어디에 시간을 내야 하는지, 욕심과 조바심을 내려놓고 일상의 우선순위를 정해놓아라. 그래야 세상의 속도에 쫓기거나 휘둘리지 않는다.

'기다려라! 멈추어라!'

깊은산속옹달샘은 기적과도 같은 꿈의 공간이다. 많은 사람들의 꿈과 마음이 모여서 오늘의 모습을 갖추었다. 그러나 그 과정이 순탄하기만 한 것은 아니었다. 개원을 손꼽아 기다리던 중에 자금 부족으로 6개월 동안 공사가 중단된 적도 있었다.

모든 것이 멈춰 선 그 순간이 나에게는 간절한 기도의 시간이었다. 그때 들은 대답이 '기다려라! 멈추어라!'였다.

당시의 상황은 너무도 힘들었지만 '기다려라! 멈추어라!'는 내면의 음성이 나를 살렸고 옹달샘을 살렸다. 나는 옹달샘의 마스터플랜을 다시 검토하기 시작했다. 마스터플랜에 담긴 기존의 '큰 그림'을 과감히 내려놓고 이제부터 새롭게 그려낼 수 있는 '작은 그림'이 무엇인지를 다시 고민하기 시작했다.

기도하고 또 기도하며 숙고에 숙고를 거듭했다. 그때 설계가 변경됨으로써 옹달샘이 오늘날 더 아름다운 공간으로 태어날 수 있게 되었다.

물리적으로 불가피하게 멈춰 서야 했던 시간에 기존의 설계를 고집하며 밤새 걱정하고 불안해했다면 과연 어떻게 되었을까. 나의 얼굴빛이 좋았을 리가 없다. 그런 내 얼굴을 보고 찾아온 분들의 마음도 편안할 리 없다. 마음을 치유하는 공간의 의미가 퇴색하는 것이다.

인생의 어느 구간에서는 기다리고 내려놓는 시간이 꼭 필요하다. 가령 뉴욕 여행을 간다고 하자. 인천공항에서 뉴욕까지 비행기로 열네 시간, 그 긴 시간 내내 걱정하고 불안해하면 무슨 소용이 있겠는가. 모든 것을 비행기 조종사에게 맡기고 내게 주어진 열네 시간을 편안하게 즐기면 되는 것이다.

그것이 여행이다. 그것이 명상이다. 휴가를 즐기겠다고 떠나와서 두고 온 일 생각, 집 걱정에 마음을 내려놓지 못하고 안절부절못한다면 그건 행복한 여행이 아니다. 고역이다. 여행 중에 걱정한다고 해결될 일도 아니다. 차라리 그 동안 마음 편히 여행을 하며 몸과 마음을 재충전하는 시간으로 활용하는 것이 좋다.

어깨에 멘 짐이 무겁다면, 잠시 짐을 내려놓고 허리를 펴보라. 그러고는 잠깐 기다렸다가 다시 들어보라. 틀림없이 이전보다 훨씬 가볍게 들릴 것이다. 훨씬 덜 힘들고, 더 무거운 짐도 들 수 있을 것이다.

인생의 돌부리에 걸려 본의 아니게 멈춰야 할 때도 있다. 그런 상황이 왔을 때도 비탄에 빠지지 말고 잠시 내려놓고 기다려보아라. 내면의 음성이 더 좋은 답을 제시해 줄 것이다.

대개는 빨리 좋아지기를 바란다. 그러나 그것이 꼭 좋은 것만은 아니다. 더 나쁜 결과를 낳고 화를 불러올 수도 있다. 조급함을 내려놓고 그 자리에 멈춰 서 있거나 천천히 갈 수 있는 참을성과 기다림도 필요하다. 그런 시간 속에서 더 좋은 것들이 영글고 성숙해진다.

자기가 지고 가는 인생의 짐에도 우선순위가 있다. 때로 내 인생의 '가장 중요한 짐'을 지고 가기 위해서 그보다 덜 중요한 짐들은 미련없이 내려놓아야 할 때도 있다.

지금 나에게 '가장 중요한 짐'은 〈고도원의 아침편지〉와 깊은산속옹 달샘이다. 어떤 어려움이 몰려와도 생명을 다하는 그 순간까지 지고 가야 하는 나의 십자가다.

그 십자가를 지고 가는 것이 외롭고 고통스럽기도 하지만 내 인생에 선물처럼 주어진 가장 소중한 짐이기에 그 밖의 다른 모든 것, 사적인 만남, 물질적인 욕심, 세속적인 성공 따위를 기꺼이 내려놓고 기쁜 마음으로 이 길을 걸어가고자 한다.

아프리카 원주민들이 개코원숭이를 잡는 방법이 있다. 나무 상자 안에 개코원숭이가 좋아하는 먹이를 넣어두고 상자 위에 구멍을 낸다. 냄새를 맡고 찾아온 원숭이는 앞발을 넣어 먹이를 움켜쥔다. 한번 먹이를 움켜쥐면 절대 놓지 않는 버릇 때문에 개코원숭이는 끝내 앞발을 빼지 못해서 붙잡히고 만다. 작은 먹이에 대한 집착이 결국 제 목숨까지 위태롭게 만든 것이다.

작은 것에 집착하고 내려놓지 못해서 큰 것을 잃는 경우가 많다. 과감하게 내려놓아야 하는데 미적대면서 끝내 정리하지 못하고 끌려다니다 오히려 다 놓치고 마는 화를 불러오는 것이다.

인생은 길이가 아니다.

오래 살아야 백 년이다.

천 년을 더 산들 150억 년 우주 나이에 견주면 찰나에 불과하다.

인생은 의미다.

뜻있게 살아야 오래 살고 영원히 사는 것이다.

인생은 방향이다.

방향을 잘 정하고 차근차근 꾸준히,

그리고 끝까지 포기하지 않는 것이 잘 사는 길이다.

가던 길을 잠깐 멈추어

'나를 바라보는 시간'을 가져보라.

온 길을 되돌아보고 갈 길을 내다보는 것이다.

부족한 것은 채우고 넘치는 것은 덜어내어

거친 파도에 다시 몸을 던지는 것이다.

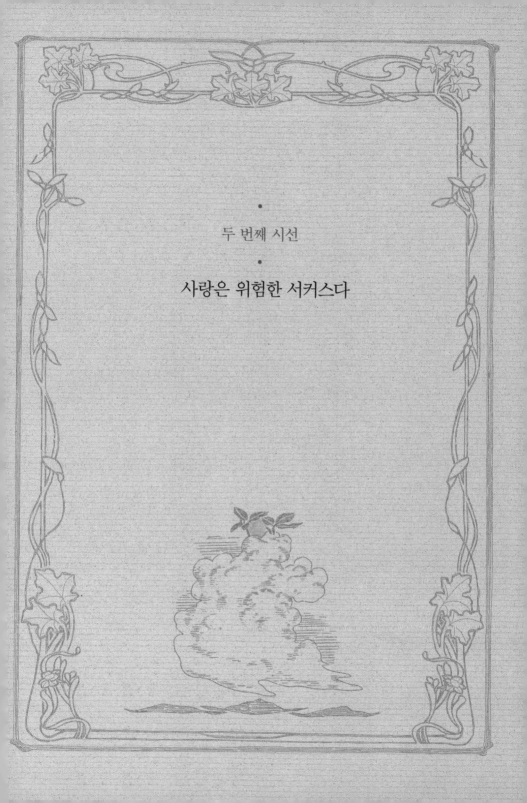

두 번째 시선

사랑은 위험한 서커스다

한 미혼의 여성이 물었다.
"지금까지 사랑 한번 제대로 못했습니다.
저에게도 운명 같은 사랑이 올까요?
무작정 기다리면 될까요?"

사랑이 내게도 올까요?

내가 답해 드렸다.

"무작정 기다리지 마세요. 지금 즉시 정거장으로 가서 버스에 올라타세요. 그리고 마음에 드는 사람을 찾으세요. 없으면 다음 버스를 기다렸다가 다시 올라타세요."

내가 원하는 시기에 마치 기다렸다는 듯이 운명 같은 사랑이 다가와준다면 얼마나 좋을까. 그러나 안타깝게도 사랑은 그런 방식으로 찾아와주지를 않는다.

그래서 버스에 비유한 것이다. 사람들이 모여드는 정거장에 가서, 같은 방향의 버스에 올라타고, 앞차를 놓치면 뒷차에 다시 얼른 올라타야 '내 사람'을 만날 수 있다.

이때 내가 찾아간 정거장이 어떤 곳인가도 중요하다. 그 '정거장'이 도서관이라면 아무래도 책을 좋아하는 사람을 만나기 쉽다. 나이트클럽이라면 술친구를 만나기 쉽다. 교회나 절이라면 같은 종교를 가진 사람을 만날 확률이 그만큼 높다.

좋은 기운이 있는 곳, 좋은 사람들이 모이는 곳, 꿈을 가진 사람들이 있는 곳이 가장 이상적인 정거장이다.

물론 운명적인 만남도 있다. 파울로 코엘료의 작품 가운데 『알레프』라는 소설이 있다. '알레프'는 운명적인 장소를 뜻한다. 뭔가 내 인생을 바꿔놓을 만큼 운명적인 사건, 운명적인 만남이 이루어지는 공간이다. 『알레프』에서 주인공은 오랜 꿈이었던 시베리아 횡단열차를 타고 유라시아 대륙으로 가는 여정에서 왠지 모르게 끌리는 여자를 만난다. 5백 년 전 전생에서 사랑했지만 아프게 헤어지고 말았던 한 여자를 운명적으로 만난 것이다.

이렇듯 운명적인 알레프는 우리 삶에도 있다. 그곳이 회사일 수도 있고, 숲길일 수도 있고, 낯선 여행지일 수도 있다. 누군가를 만나고 싶다면, 그런 공간적 의미의 알레프를 스스로 찾아나서야 한다. 그리고 그곳에서 누군가를 만나 끌린다면 두려워 말고 다가가야 한다. 설사 운명의 이별을 맞더라도.

요즘 결혼을 포기한 젊은이들이 많아지고 있다. 연애마저 포기한 젊은이들도 많다고 한다. 현실적인 어려움이 사랑의 마음을 꽁꽁 묶어버린 것이다. 하지만 사랑을 지레 포기한다면 삶의 가장 귀한 경험을 스스로 포기하는 것과 같다.

사랑은 상처 속에 피어나는 꽃과 같다. 상처를 먹고 자라는 꽃이다. 모든 일이 그러하듯 사랑도 상처도 연습이 필요하다. 두려워하지 않는 연습이다. 사랑의 상처를 두려워하지 않고 더 많은 연습을 해야 사람에 대한 분별력도 생긴다.

한 가지 덧붙이고 싶은 것은 '끌림'이다. 사람을 만날 때 이유 없이 좋은 사람이 있고, 이유 없이 싫은 사람이 있다. 특히 결혼 상대자는 평생 함께할 사람이기 때문에 이유 없이 좋고 끌리는 데가 있어야 한다.

끌림은 느낌이다. 상대를 처음 본 첫 순간 느껴지는 것, 그 안에 끌림이 있거나 없거나 한다.

그러니 누군가를 만났을 때 그 사람의 체취가 향기롭게 느껴지는지, 그 사람의 말이 내 귀에 쏙쏙 들어오는지, 그 사람의 눈빛이 내 가슴에 박히는지를 먼저 봐야 한다.

결혼으로 평생 함께할 좋은 짝, 좋은 배우자는 '나를 사랑해 주는' 사람이다. '내가 사랑하는 사람'보다 '나를 사랑해 주는 사람'이 나에게 더 좋은 반려자가 될 수 있다는 말이다. 내가 사랑하는 것도 물론 중요하지만 상대가 나를 사랑해 주는 것이 더 좋다. 상대가 나를 좋아하면 나의 부족함과 허물도 애교로 넘어갈 수 있다. 상대가 나의 모든 것을 너그럽게 봐주게 되고, 꼬인 일도 쉽게 풀어갈 수 있다.

그런데 자신을 사랑해 주는 사람을 '가볍게' 생각하는 경우가 적지 않다. 나를 사랑해 주는 것을 정말 귀하게 생각하고, 정말로 감사하게 받아들여야 한다. 사랑받고 있다는 사실에 자칫 오만해져서 상대의 자존심과 자존감을 상하게 하는 것은 위험하다.

좋은 사람은, 좋은 상황에서는 잘 드러나지 않을 수도 있다. 가령 친구도 내가 승승장구하며 비단길을 걸을 때보다 절망과 역경의 골짜기를 헤맬 때 만나는 사람 중에 진짜배기가 있다. 어려운 일, 힘든 일, 시시한 일을 어떻게 헤쳐가는지를 보면 그 사람을 알 수 있다.

 에리히 프롬은 『사랑의 기술』에서 사랑은 단순한 열정이 아니라 노력이라고 했다.

"꽃을 사랑한다고 하면서도 물을 주는 것을 잊어버린 여자를 본다면 우리는 그녀가 꽃을 사랑한다고 믿지 않을 것이다."

사랑을 하고 싶다면 몸을 움직여라. 버스가 오고 가는 정거장으로 가라. 이 버스가 아니다 싶으면 다음 버스를 기다려라. 기다리던 버스를 놓쳤다 해도 걱정하지 말고 다음 버스에 올라타라.

내 사랑의 종착지로 가는 버스는 반드시 온다. 사랑의 상처를 두려워하지 말고 다시 사랑하라.

공중그네 서커스

사랑은 공중그네 서커스와도 같다. 늘 위험하다. 긴장되고 아슬아슬한 순간의 연속이다. 특히 공중그네 타기는 파트너에 대한 믿음이 없다면 몸을 던질 수 없다. 상대방이 나를 잘 잡아주리라는 믿음이 있어야 비로소 내 몸을 아찔한 허공으로 던질 수가 있다.

사랑, 연애, 특히 결혼생활이야말로 공중그네 타기다. 파트너인 배우자와 호흡이 잘 맞지 않으면 돌이킬 수 없는 사고가 일어난다. 나를 통째로 던져도 상대방이 잘 받아주리라 믿는 것, 부부는 이런 믿음이 있어야 한다.

미국에서 공중그네 서커스를 하는 부부가 있었다. 그들의 공중그네 공연장에는 안전을 위해 그물망이 설치되어 있었다. 어느 날 공연을 앞두고 남편이 그물망을 점검했다. 그러자 아내가 남편에게 말했다.

"당신, 이제 은퇴할 때가 된 거 같아요."

사랑은 위험한 서커스다
•

아내는 왜 남편에게 이런 말을 했을까. 남편의 마음 한구석에 언젠가 떨어질지 모른다는 두려움이 있다는 걸 감지한 것이다. 두려움이 들기 시작하면 서커스는 위험해진다. 서커스는 무엇보다 그 두려움을 털어내고 잘 해낼 것이라는 믿음을 끝까지 유지해야 한다. 믿음이 무너지면 안 되는 것이다.

사랑도, 부부생활도 이와 같다. 두 사람이 함께 가다 보면 어려운 상황이 올 수 있다. 하지만 '당신이라면 나는 믿어. 나를 던질 수 있어' 하는 마음이 있다면 큰 문제가 못 된다. 서로 상대를 받쳐줄 힘도 생긴다. 그러면서 서커스의 기술도 좋아진다. 서커스의 기술처럼 믿음의 기술도 진화한다.

그렇다. 믿음도 진화한다. 서커스가 고난도에 이를수록 기술의 진화가 이루어져야 하는 것처럼, 부부 사이의 믿음도 계속 진화해야 그 다음 이어지는 인생의 여러 고난도의 상황을 멋드러지게 헤쳐갈 수 있다.

그러려면 먼저 자신에 대한 믿음이 있어야 하고, 자신의 역량을 키우려는 노력도 필요하다. 그래야 배우자가 열정을 다해 무언가를 할 때, 그것을 흔쾌히 받쳐주는 힘을 가질 수 있다. 설사 믿음이 부족했던 부부라도 훈련을 하면 조금씩 조금씩 자신을 던지면서 기량도 커진다.

함께하는 서커스에 문제가 생겼을 때, 자신을 돌아보기보다는 상대방을 탓하는 경우가 많다. 오쿠다 히데오의 소설 『공중그네』에 나오는 프로곡예사 이야기에서도 그런 면을 엿볼 수 있다.

야마시타 고헤이는 서커스의 하이라이트인 공중그네의 일인자였다.

그러나 새롭게 입단한 우치다가 캐처로 나서면서 고헤이는 매번 실수를 하게 된다. 고헤이는 우치다가 자신을 골탕 먹이기 위해 일부러 그런 일이 일어난다고 생각하고는 화가 나 잠도 못 이룬다.

기어코 그 현장을 잡아야겠다고 생각한 고헤이는 아내를 시켜 공연 장면을 몰래 촬영하게 한다. 그런데 아내가 찍은 영상을 본 그는 큰 충격을 받는다. 실수의 원인이 자기 자신에게 있음을 알게 된 것이다. 허리를 구부정하게 구부려서 정확한 거리를 맞추지 못해 실수를 저지르는 사람은 다름 아닌 바로 자기 자신이었던 것이다.

결혼생활에서도 문제가 생겼을 때 자신을 먼저 살펴보는 노력이 필요하다. 그렇지 않으면 상대만 탓하고 원망하다가 더 어려운 시간을 보낼 수 있다. 상대의 잘못이 아니라 자신의 잘못으로 일이 틀어졌다는 것을 알게 되었다면 그 순간 지체없이 표현하는 것이 좋다.

"미안해, 나의 잘못이야, 더 잘 할게!"

사랑은 타이밍이다.

우리나라는 OECD 국가 중 이혼율이 가장 높다. 황혼이혼의 비율도 해마다 늘어나고 있다. 부부가 헤어지는 이유 가운데 가장 큰 것이 경제적인 문제라고 한다. 배우자가 직장을 잃거나 사업에 실패했을 때, 갈등이 생기고 그 갈등이 커져 싸우다 결국 갈라서는 것이다.

우리 부부도 전기밥솥 하나로 신혼 생활을 시작했기 때문에 경제적

인 어려움은 이루 말할 수가 없었다. '칼로 물 베는' 싸움도 참 많이 했다. 그러나 서로를 믿고, 미래의 꿈을 응원했기에 숱한 고비를 넘기고 오늘에 이를 수 있었다.

부부 사이만 단단하면 갑작스러운 경제 위기가 닥쳐도 버텨낼 수 있다. 살면서 전 재산을 잃었다 해도 부부가 서로 믿고 손을 놓지 않으면 어느새 돈은 뒤따라온다. 설사 돈을 얻지는 못한다 해도 행복이라는 더 큰 선물을 얻을 수 있다.

비디오 아티스트 백남준의 아내 구보타 시게코는 『나의 사랑, 백남준』에서 "가난하던 시절, 돈에 대한 개념이 없이 비싼 TV를 수백 대씩 사들이던 남편 때문에 나는 더 가난하게 예술을 해야 했다"라고 고백했다. 하지만 그녀는 백남준의 작품이 하나씩 탄생하는 것을 볼 때마다 경이롭고 신기해 모든 아픔을 잊고 그의 다음 작품을 기대했다. 그 뒤에도 뇌졸중으로 쓰러진 백남준을 간호하느라 자신의 예술생활을 아예 내려놓아야 했지만 그녀는 이렇게 선언했다.

"백남준과 함께 사는 것 자체가 '아트'였다."

'한 번밖에 없는 삶'이므로 일생(一生)이라 한다. 그 한 번뿐인 삶에 일생 동안 함께할 수 있는 사람을 만나는 것은 기적과도 같은 축복이다. 그 한 사람이 있기에 오늘이 행복하고 내일을 꿈꿀 수 있는 것이다.

부부는 인생이란 작품을 함께 만드는 예술가다. 경제적 어려움, 질병과 같은 삶의 위기 속에서도 서로 믿고 손을 놓지 않는다면 지옥도 천국으로 만들 수 있고, 삶의 고통마저도 아름다운 예술로 승화시킬 수 있다.

현명한 고래잡이

'내 사람'이다 싶으면 내 뜻대로 하고 싶어 한다. 내 뜻대로 안 되면 '내 사람'이 아니라고 생각하기 쉽다. 다시 '내 사람'으로 만들기 위해서 끊임없이 간섭하고 조종하려 든다. 그러다가 부딪치고 깨지기 일쑤다. 잘되기를 바라는 마음에 하는 잔소리가 오히려 큰 갈등의 빌미가 되기도 한다.

부모와 자식 사이도 마찬가지다. 연인 사이, 부부 사이는 더욱 그렇다. 사랑한다는 이유로 '내 사람'을 자꾸 간섭하게 된다. 한쪽은 사랑으로 얘기하지만, 다른 한쪽은 간섭과 억압으로 받아들여 둘 사이가 엇나가버리는 것이다.

나의 아버지는 생전에 "내 회초리가 반타작 났다"는 말씀을 이따금 하셨다. 아버지는 아들 둘에게 어릴 때부터 회초리를 들어가며 책을 읽고 밑줄을 긋게 했다. 그런데 큰아들은 반항하며 번번이 가출을 했고 끝내 엇나갔다. 그런데 작은아들인 나는 아버지의 '독한' 독서 교육 덕분에 오늘의 인생을 개척할 수 있게 되었다. 그래서 "회초리가 반타 작 났다"는 말을 하셨던 것이다. 자식 둘에게 똑같이 회초리를 들었는 데, 하나는 잘되고 하나는 엇나갔다는 이야기였다.

아버지의 회초리가 반타작 나는 판인데, 부부 사이의 회초리 는 위험 부담이 더 크다. 자식도 마음대로 안 되는데, 배우자를 내 마음 대로 하려는 것은 정말 조심해야 한다. 그래서 서로 간섭과 잔소리의 중 앙선을 잘 지켜야 한다.

하루는 어떤 여자분이 심각한 표정으로 면담을 청했다. 남편이 몇 년 째 늦게 들어오는 데다 자신의 이야기를 잔소리로만 받아들여 부부 갈 등이 극한에 이르렀다고 했다. 말을 잘 안 듣는 남편에게 화가 나서 더 잔소리를 하게 되고, 그러면 그럴수록 남편이 더 늦게 들어와 부부싸움 이 격화되고 있다는 것이다.

그래서 내가 '고래잡이' 이야기를 들려주었다. 현명한 고래잡이는 줄 을 잘 풀어주는 사람이다. 고래 등에 작살을 꽂고 바로 당기는 게 아니 라 고래가 힘이 빠질 때까지 줄을 길게 풀어주는 것이다.

작살을 꽂고 곧바로 줄을 잡아당기면 어떻게 될까. 필사적으로 저항 하는 고래의 힘에 밀려 고래잡이 배가 뒤집히게 된다.

남자는 여자가 줄을 잡아당길 때 튕겨나가려는 심리가 있다. 여자가 잔소리를 하면 할수록 더 어깃장 내는 일을 저지르곤 한다. 이 묘한 남자의 심리를 잘 읽고, 적절히 상대를 풀어주는 현명함이 필요하다.

"그동안 내가 당신을 너무 붙잡고 있었어요."

"미안해요, 내가 잘못한 것 같아요."

그러면 남자는 확 바뀌어버린다. 더 가까이 다가온다. 자식도 부모가 믿고 놓아주는 순간 훨훨 날며 행복해한다.

'내 사람'과는 화가 났을 때가 늘 문제다. 상대가 화가 잔뜩 났을 때 자기도 바로 화를 내는 건 현명하지 않다. 상황이 더 꼬이고 격해진다. 격해진 감정으로 "그게 아니야. 내 말을 들어!"라고 소리치면, 상대의 화를 더 돋우게 되고 자신도 그 화의 소용돌이에 휘말리고 만다.

이럴 때는 일단 상대가 화를 가라앉힐 때까지 기다려주는 게 좋다. 상대가 '큰 고래'일수록 줄을 좀더 여유 있게 풀어주며 기다려야 한다. 그렇지 않고 무작정 당겼다가는 앞에서 말한 것처럼 배가 뒤집히고 만다.

간디는 자서전에서 이렇게 썼다.

"아내에게 한평생 신의를 지키는 것이 남편의 의무라는 것을 나는 배우게 됐다. 나는 '내가 만일 아내에게 성실을 맹세해야 한다면 아내도 또한 나에게 성실을 맹세해야 한다'고 생각했다. 이 생각은 나를 질투하는 남편으로 만들어버렸다. 이것이 우리 둘 사이에 쓰라린 싸움의 씨를 뿌렸다. 간섭이란 실상 일종의 감금이다."

'위대한 혼(마하트마)'으로 불리는 간디조차도 신혼 초엔 박터지게 부부싸움을 했던 모양이다. 그 아픈 경험 끝에 얻은 간디의 결론은 '간섭이 곧 감금'이라는 자각이었다. '간섭'이 '감금'이 되지 않도록 하는 것이 결혼 생활의 기술이다.

깊은 믿음의 기반 위에 때때로 서로에게 자유를 주는 것, 현명한 고래 잡이처럼 줄을 많이 풀어주는 것, 한사코 간직해야 할 부부 사이의 슬기로운 기술이다.

너와 나는 스타일이 달라!

어느 영화에서 보았다. 신혼부부가 치약을 중간에서 짜느냐, 끝에서
부터 짜느냐를 가지고 다투었다. 그 사소한 사건으로 시작된 갈등이 끝
내 감정싸움으로 번져서 이혼까지 이르는 이야기였다. 부부가 살면서
싸우는 일은 이처럼 아주 사소하다. 한참 싸우고 나면 왜 싸웠는지조
차 생각이 나지 않을 정도다.

서로 다른 습관인 줄 알면서도 끝까지 받아들이기 어려울 때가 있다.
나와 다른 상대를 보면 '도대체 왜 저러지?' 하면서 좀처럼 이해가 되지
않는다.

내가 알기로 거의 30년째 싸우고 있는 부부가 있다. 그 부부가 싸우
는 이유는 단 하나다. 아침식사 때문이다. 남편은 '아침을 안 먹는 것이
좋다'고 하고, 부인은 '아침을 꼭 먹어야 한다'고 하며 다툰다. 남편은 건
강 강의를 하는 분이고, 그 부인은 건강차와 음식을 만드는 분이다. 두

사람 모두 음식과 건강에 관해서라면 나무랄 게 없는 최고의 전문가인데도 아침식사 하나를 놓고 서로의 생각이 달라 30년째 싸우며 사는 것이다.

어떤 부부는 한 사람이 야행성이고 한 사람은 아침형이라 매일 싸운다. 이처럼 부부라 해도 살아온 습관과 스타일이 다르고 신체 리듬이 다를 수 있다.

우리 부부도 젊은 시절 서로 다른 습관과 생활 방식 때문에 많은 갈등이 있었다. 나는 저녁 잠이 없고, 아내는 저녁 잠이 많다. 나는 밤늦게 까지 일을 하다가 늦게 일어나는 쪽인데, 아내는 일찍 자고 일찍 일어나는 쪽이다.

내가 늦게까지 잠자리에 들지 않으면 아내는 그때마다 "그만 자자"고 재촉을 하곤 했다. 나는 아내의 성화에 마음이 상하고 아내는 자기 말을 안 들어주는 남편의 고집에 마음이 상하곤 했다.

음식만 해도 정반대 식성이었다. 아내는 고기를 좋아하고 나는 채소를 좋아한다. 함께 앉은 밥상에서도 나는 채소만 골라먹고 아내는 고기만 골라먹는다. 아내가 가장 좋아하는 요리가 북어찜인데 나는 북어찜에 들어 있는 야채만 먹고 아내는 북어만 먹는다.

그 때문에 다툴 때도 많았지만 세월이 가면서 서로가 자연스럽게 받아들이게 되었다. 많은 갈등과 부딪침 끝에 어떤 부분은 아내가 내게 맞춰주고, 나도 아내에게 맞추는 부분이 생기면서 조화를 이루게 된 것이다. 그런 과정에서 서로 '지나가는 말'을 무심코 흘려듣지 않은 것이 우리 부부에게 큰 도움이 되었다.

'지나가는 말'이란 이런 이야기다. 직장 생활에서도 많이 경험할 수 있는 일이다. 예를 들면 상사가 사무실을 지나가다가 책상 위를 보며 "먼지가 많네?"라고 한다면, 들은 사람은 얼른 닦으라는 뜻이다. 와서 닦으라고 직접적으로 말하는 게 아니라 "먼지가 많네?" 한마디 하고 지나갈 뿐이다.

그런데 그 다음날에도 먼지가 그대로 있으면 "아직도 먼지가 있네?"라고 짚고 넘어간다. 그래도 안 닦으면 세 번째는 "이것 좀 닦아"라고 직접적으로 '지시'하거나 '명령'하게 된다.

부부 사이에도 지시하거나 명령하는 지경에 이르면 어려워진다. 말하는 사람도 짜증이 난 상태이고, 듣는 사람은 명령을 받으니까 기분이 나빠져 있다. 그런 상태가 되면 문제가 해결돼도 감정에 앙금이 남기 쉽다.

조화니 배려니 할 것도 없다. 서로를 인정하는 '중용의 길'을 넓혀가라. 부부가 함께 편안해질 수 있는 공통분모를 넓혀가는 것이다. 개성을 개성대로 존중해 주고 그 때문에 서로 갈등하지 않는 것이다.

살다 보면 작은 일로 크게 다투는 것이 결국엔 손해라는 점을 알게 된다. 이 점을 깨닫게 되면 그런 상황이 올 때 돌아가거나 받아들이게 된다.

신혼은 서로 다른 습관 때문에 한창 갈등이 심한 시기다. 이 시기에는 무조건 내 맘대로 하겠다고 고집을 피우기보다는 상대의 말에 귀 기울여 들어주는 게 좋다.

특히 아내가 서운해하거나 눈물을 보이면, 남편은 그 신호를 무시하지 말고 사랑하는 마음으로 맞춰주려고 노력해야 한다. 그래야 작은 갈등으로 큰 불화를 만들지 않을 수 있다.

세계적인 부부치료의 대가로 알려진 존 가트맨 박사는 이렇게 말한다.

"변화를 원하면 먼저 상대를 있는 그대로 좋아하라. 사람은 결점까지도 사랑받고 수용받는다고 믿을 때 변화하고자 하는 마음이 생긴다."

대부분의 사람들은 상대를 자신이 원하는 대로 바라보고 바꾸려고 한다. 거기에서 많은 갈등과 싸움이 빚어진다.

있는 그대로 만나, 있는 그대로를 사랑하며 같은 방향으로 걸어갈 때, 너와 나의 다른 스타일은 결코 문제가 되지 않는다.

지금 내 곁에 있는 '그 사람' 자체가 최고의 선물이다. 그가 완벽해서도 아니고 장점만 있어서도 아니다. 나와 너무 닮아서도 아니다. 다른 것도 많고 단점도 많지만 서로의 부족함을 채워주며 가는 나의 '그 사람'. 우연처럼 필연처럼 만난 동반자. 그래서 내가 혼자가 아님을 알게 해준 '소울메이트'. 그래서 더욱 사랑하고 감사할 따름이다. 매일매일 더욱 소중할 뿐이다.

사랑은 위험한 서커스다
•

천 번 만 번 씻어줘라

연인이나 부부가 처음부터 크고 심각한 문제로 싸우는 경우는 드물다. 대부분 사소한 문제로 시작된다. 작은 일로 다투다 커진다. 특히 상대의 자존심을 건드려서 갈등이 커지는 경우가 많다.

나도 결혼 초기에는 부부싸움을 정말 많이 했다. 최초의 싸움은 경제적인 문제로 비롯되었다. 돈이 없어서 신혼여행 가기를 취소한 것이 우리의 첫 부부싸움이었다. 결혼식에 찾아왔던 친구들에게는 "와줘서 고마워. 신혼여행 잘 다녀올게!"라고 인사하고는 전기밥솥 하나뿐인 달동네 신혼집으로 돌아와 일주일 동안 숨어 지냈다.

그런데 문제는 그 다음이었다. 어려운 형편에 굳이 고집해서 방 두 개짜리 셋방을 계약해서 들어갔는데, 그날 바로 내 동생 둘이 이불짐을 싸들고 우리 신혼집에 들어온 것이다. 아내는 어이없어 했다. 한마디 상의도 없이 그랬다는 것에 더욱 화를 냈고, 나는 나대로 화가 났다. 집안에서 가장 노릇을 할 수밖에 없는 내 사정을 깊이 헤아려주지 않는 아내가 서운해서 끝내 참지 못하고 욱하고 말았던 것이다.

그 뒤로 우리 부부는 거의 매일 싸웠다. 이런저런 다툼이 끊이지 않았다. 그러나 그렇게 1년이 지나니까 서로 지쳐서 더 이상 싸울 수조차 없게 되었다.

부부싸움을 할 때 제일 조심해야 하는 것이 있는데 바로 '말'이다. 말로 불길이 솟고 말로 다친다. 특히 '막말'을 조심해야 한다. 일단 뱉고 나면 주워 담을 수가 없다. 상대는 그 말에 상처를 입고 가슴에 갈등의 씨앗을 심게 된다.

부정적인 말의 힘은 참으로 위험하다. 뇌과학에서도 부정적으로 내뱉은 한마디 말의 독소를 씻어내려면 최소한 일곱 배의 긍정적인 말을 해야 한다고 한다. 더구나 부부나 연인과 같이 매우 가까운 사이에서 주고받는 부정적인 언사는 그 파괴적인 독소의 힘이 더 클 수밖에 없다.

자신이 잘못했다는 것을 깨달았으면 미루지 말고 바로 사과해야 한다. 상대방의 가슴에 박혀 있는 상처를 녹여내려면 천 번 만 번 씻어내야 한다.

어렸을 때 어머니에게 반항하다가 모진 말을 한 적이 있었는데, 그때 아버지는 이렇게 말씀하셨다.

"네가 어머니에게 잘못했다고, 천 번 만 번을 빌어야 한다. 그래야 어머니의 마음이 조금이나마 풀리고 내 죄과도 씻긴다."

밖에 난 상처는 보이기 때문에 빨리 손을 쓸 수 있다. 그러나 마음에

난 상처는 손 쓸 틈도 없이 독소가 스며들어 모르는 사이에 깊어질 수 있다. 그 상처를 알게 되었다면 바로 손을 써야 한다. 마음을 써야 한다. 하루라도 빨리 상대가 치유될 수 있도록 최선을 다해 노력해야 한다.

그 노력의 하나가 내가 먼저 상대에게 사과하는 것이다. 그런데 문제는 그 다음이다. 몇 번 사과해 놓고 상대의 마음이 풀어지지 않는다는 이유로 다시 더 크게 짜증내는 경우도 있다.

"내가 이만큼 했으면 됐지. 대체 언제까지 이럴 거야!"

이 한마디로 이미 사과를 한 것조차 의미가 없게 된다. 의미가 없어질 뿐만 아니라 상대에게 더 큰 상처를 주게 된다.

운전을 할 때 중앙선을 넘으면 치명적인 사고가 일어난다. 부부싸움에서도 넘지 말아야 하는 중앙선이 있다. 그러므로 서로 '싸우더라도 이것만은 하지 말자'는 중앙선 규칙을 정하는 게 좋다.

첫째, 막말은 하지 않는다.

둘째, 절대 따로 자지 않는다.

셋째, 아무리 화가 나도 '이혼하자'는 말은 하지 않는다.

그리고 각자 많이 다투는 문제를 항목으로 정해서, 이것들에 대해 이야기 나눌 때 규칙을 어기면 벌칙을 주는 것이다. 그 벌칙 적용은 서로 마음이 풀렸을 때 하고 평소에는 규칙을 지키도록 노력한다.

부부가 싸우다 같이 자는 방을 나가고, 집 밖으로 나가기 시작하면 갈등을 해결하기가 더욱 어려워진다. 그래서 적당한 선에서 멈추려고 노력해야 한다. 상대가 어떤 지점에서 감정이 폭발하는지를 파악하고, '이 사람의 감정선이 여기까지구나' 싶으면 그 중앙선을 존중해 주고 이를 넘지 않도록 해야 한다. 속이 끓어도 '여기서 내가 접지' 하고 멈추는 것이다.

몽골에 말타기를 하러 가는 길에 푸르공이라는 러시아제 승합차를 탄다. 이 차는 거친 초원에서 아주 잘 달리긴 하지만 가다가 고장 나는 경우도 많다. 아예 시동이 꺼져버리기도 한다. 그때는 쇠꼬챙이를 엔진에 걸어서 돌린다. 그러면 부릉부릉 소리를 내면서 다시 시동이 걸린다. 그 고비를 넘어가면 푸르공은 다시 쌩쌩 달린다.

부부도 고비를 잘 넘겨야 한다. 평소 잘 지내다가도 한순간에 진창에 빠지기도 하고 시동이 꺼지기도 한다. 이럴 때는 쇠꼬챙이를 이용해 수동으로 시동을 거는 것과 같은 노력이 필요하다. 그래야 조율이 되고 다시 잘 달릴 수 있다.

악기도 조율하고 튜닝하는 과정을 거쳐야 제대로 연주할 수 있듯이 부부도 서로의 마음을 조율하며 맞춰가는 과정을 거쳐야 아름다운 화음을 낼 수 있다.

물줄기가 흐르다 바위나 돌부리를 만나면 속절없이 부서지지만 곧 다시 하나로 뭉친다. 물줄기처럼 하나가 되어 흐르는 것, 부부가 가야 할 길이다. 변화무쌍한 인생의 강물에 하나가 되어 흘러야 한다.

사랑이 지나간 뒤

　사랑할 때는 세상 모든 것이 나를 위해 존재하는 것 같다가 사랑을 잃고 나면 세상 모든 것이 나에게서 등을 돌리는 것만 같다. 이 외롭고 힘든 시간을 어떻게 이겨내야 할까.

　찰스 디킨스의 소설 『위대한 유산』에는 실연의 상처로 평생을 어둠 속에 사는 한 여인 이야기가 나온다. 결혼식 날 약혼자가 이별을 통보하고 떠나버리자 그녀의 인생은 그 순간에 멈춰버린다. 그리고 시간이 정지해 버린 공간에서 지낸다.

　그녀는 시계를 결혼식 시간에 맞춰두고, 평생 낡아빠진 웨딩드레스를 입고, 먼지에 뒤덮인 피로연 식탁이 있는 곳에서 생활한다. 그리고 '복수'를 다짐한다. 그러고는 아름다운 소녀를 데려다 키운다. 그 소녀를 통해 세상의 남자들에게 실연의 고통을 맛보게 해주려는 마음으로 가득하다.

　많은 사람들이 실연을 하고 난 뒤 시간이 멈춰버리는 경험을 한다. 과거의 상처에서 벗어나지 못해 일그러진 삶의 시간에 갇혀 산다. 다시 상처 입을까 봐 새로운 사람을 만나는 걸 두려워한다. 그러나 잊지 말자. 사랑은 늘 상처를 동반한다. 깊이 사랑한 사람이 상처도 깊다. 사랑이 얕으면 상처도 가볍다. 파울로 코엘료의 소설 『브리다』에 이런 구절이 있다.

"상처를 두려워해서 사랑하지 않는 것은 안 좋은 것을 보지 않기 위해서 자기 두 눈알을 빼는 것과 같다."

그러니 사랑을 잃었다 해서 '눈알을 뺄 필요는 없다.' 지난 사랑에 미련을 두고 자신을 괴롭히지 말아야 한다.

사랑의 상처는 오히려 세상을 더 깊이 잘 볼 수 있는 눈을 준다. 사물을 보는 직관과 사람을 판단하는 안목이 더 높아진다. 내가 어떤 사람인지도 한결 잘 보인다. 실연이 상처가 아닌 선물이 될 수 있는 이유다.

진정으로 깊이 사랑하면, 그 사람의 상처까지도 사랑할 수 있게 된다. 얼마나 깊이 사랑했는지가 해답이다.

'깊은 사랑'을 위해 시간을 많이 내라. 그 시간에 투자하라. 그때 사랑에 진화가 일어난다. 사랑이 전보다 더 진해지고 더 단단해질 것이다.

이별도 스승이다. 슬픔을 배우고 아픔을 배우기 때문이다. 만남은 더 큰 스승이다. 기쁨을 배우고 행복을 배우기 때문이다. 살아 있는 동안 두 스승의 반복된 가르침을 통해 우리는 더 단단하게 성장할 수 있다. '아름다운 이별'과 '아름다운 만남'의 반복 속에서 우리의 인생은 성숙한다.

'사랑을 하면 다 준다.'
다 주고 나면 비어버릴 것 같은데
그럴수록 가슴 가득 차오르는 것,
그것이 바로 사랑이다.
상대의 주변을 맴돌고, 애달파서 잠 못 이루고
그런 벅찬 에너지를 경험한 사람과 그렇지 못한 사람은 깊이가 다르다.

왠지 모를 끌림에 이끌려 하나가 되어보는 경험,
그것은 인생에서 그 무엇에도 비할 수 없는 귀한 선물이다.
그런 사랑을 해본 사람은 안다.
세상이 아름답게 보이고,
어떤 난관도 이겨낼 수 있는 자신감으로 충만해지고,
무엇이든 해낼 수 있는 엄청난 에너지가 샘솟는다는 것을.

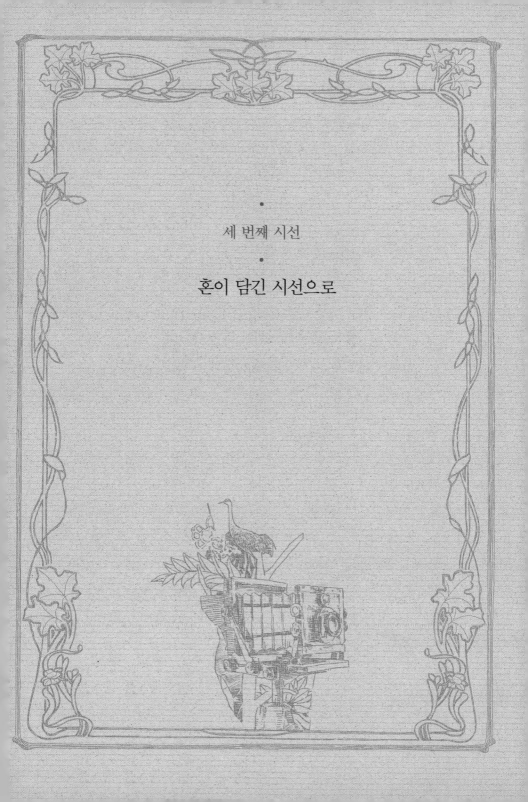

세 번째 시선

혼이 담긴 시선으로

이십대 청년이 물었다.
"꿈과 현실에 대해서 말해 주세요.
현실과 이상 사이에서 꿈을 어떻게 키워야 합니까?"

현실과 이상 사이에서

꿈과 현실은 하나가 아니다. 서로 전혀 다르다. 그러나 하나로 이어져 있다. 꿈은 현실이 아니다. 이상이다. 내가 이루고자 하는 미래의 목표이 자 방향이다. 그러나 꿈은 오늘의 현실에서부터 시작된다. 오늘의 현실 이 내일의 이상으로 이어지는 것이다.

흔히 꿈과 직업을 혼동하는 청년들이 많은 것 같다. 그러나 그 둘은 같은 것이기도 하고 다른 것이기도 하다.

자기의 꿈과 직업이 일치할 수도 있다. 그렇다면 더할 나위 없는 행운 이다. 그러나 안타깝게도 그런 행운은 드물다. 젊은 시절엔 특히 더 그 렇다. 많은 이들이 그 엇갈림 속에서 적지 않은 고민에 빠지곤 한다. 현 실과 이상 사이의 딜레마가 우리를 괴롭히는 것이다.

세계은행 김용 총재의 이야기에서 이에 대한 해법을 찾을 수 있을 것 이다. 그의 어머니는 어려서부터 아들에게 위대한 인물들에 대한 이야 기를 들려주며, 세상을 위해 좋은 일을 하는 사람으로 크도록 늘 격려 했다고 한다. 그 영향으로 자신도 무언가 세상을 변화시키는 일을 하고 싶다는 꿈을 꾸었다.

어머니가 그에게 '이상'을 심어주었다면, 아버지는 '현실'을 알게 해주었다. 6·25 때 열일곱의 나이로 혼자 남으로 내려와 온갖 고생을 하며 치의대를 졸업하고 미국 유학까지 갔던 그의 아버지는 그만큼 현실의 문제를 잘 알았다. 아버지는 큰 꿈을 가지려거든 기술과 실력부터 키우라고 아들에게 강조했다.

그는 아버지의 뜻에 따라 의대에 들어갔다. 대학원에서는 인류학을 공부했다. 언뜻 다른 듯한 이 두 가지 공부의 결합은 그의 인생 역정에 큰 도움이 되었다. 그는 중남미 등 빈민지역에서 결핵 퇴치를 위한 의료구호 활동은 물론 세계보건기구(WHO)에서 에이즈 치료를 위한 활동을 펼쳤다. 그 공로를 인정받아 2006년 《타임》지가 뽑은 '세계에서 영향력 있는 100인'에 선정되기도 했다. 그리고 다트머스 대학 총장에 이어 세계은행 총재로 선출되었다.

만약 그가 의사에만 머물렀다면 세계은행 총재가 되기는 어려웠을 것이다. 그러나 그가 의사가 아니었다면, 그래서 의료구호 활동에 헌신하지 않았다면 그 또한 쉽지 않았을 것이다. 이렇듯 꿈과 현실, 이상과 직업은 딜레마가 되어 충돌하는 것이 아니라 서로 조화를 이루면서 더 큰 힘을 발휘할 수 있다.

세 번째 시선
•

위대한 꿈을 먼저 세워라. 그리고 기술과 실력을 다져라. 그 이후에 얻어지는 직업은 그 어떤 것이든 자신의 위대한 꿈을 실현시켜 주는 징검다리가 되어줄 것이다.

꿈을 이뤄가는 과정에서 경제적인 문제라는 현실에 부딪혀 고민할 수도 있다. 한 청년이 배우를 꿈꾸는데, 생계를 어떻게 해결해야 할지 모르겠다며 걱정했다.

나는 "아르바이트부터 시작하라"고 답해 주었다. 배우의 길은 쉽지 않다. 한순간에 스타가 될 수도 있지만, 긴 터널 같은 무명의 시기를 견뎌야 할 때도 많다. '명배우' 소리를 듣는 사람들은 대부분 오랜 무명시절을 버티며 근성과 연기력을 쌓아온 사람들이다. 단역 하나를 따내지 못해 전전긍긍하며 10년을 훌쩍 넘기는 경우도 다반사다. 그 사이 생활고를 해결하느라 온갖 허드렛일을 하기도 한다.

중요한 것은 꿈을 포기하지 않는 것이다. 힘든 시간을 버티고 나 후엔 그만큼 삶의 내공이 쌓여서 누구보다 깊고 탄탄한 연기를 보여줄 수 있게 된다.

불우함과 고난의 시간이 어떤 사람에게는 그저 불행의 세월이 되지만, 어떤 이에게는 더할 나위 없는 창작의 불쏘시개가 되는 것이다.

배우, 화가, 작가, 가수, 작곡가 등 예술가의 길을 가는 이들은 '긴 고생의 터널'을 각오해야 한다. 특히 초기의 경제적 어려움도 감수해야 한다. 이런 분야일수록 시작과 함께 바로 경제적인 문제까지 해결하기가 어렵기 때문이다.

그럴 때는 그 어떤 궂은 일이라도 하면서 생계를 해결하고, 자기 실력을 키우는 일을 계속하는 쪽으로 방향을 잡아야 한다. 꿈이 먼저냐 돈벌이가 먼저냐가 아니라 '큰' 꿈과 '소소한' 돈벌이, 이 두 가지를 병행하는 것이다.

젊을 때는 체력이 있기 때문에 시간을 잘 쪼개면 여러 가지를 함께 해나갈 수 있다. 어떤 청년이 학교를 다니면서 영어 학원과 운전면허 학원을 다니고, 편의점 아르바이트까지 하느라 힘들다는 이야기를 했다. 그러나 젊을 때 고생은 사서도 한다는 말이 있듯이 이러한 경험들이 꿈을 이루는 밑천이 된다.

또 젊을 때는 하루 일정을 빡빡하게 꽉 채워서 살아도 크게 무리가 가지 않는다. 이런 경험을 해본 사람은 자기 체력의 한계치를 알게 된다. 시간을 쪼개어 쓰는 법도 배우게 된다. 한정된 시간 속에서 최대한 풍부한 삶을 사는 훈련이기도 하다. 이런 훈련은 젊을 때 해놓아야지 나이 들어서 하기는 어렵다.

꿈이 있는 사람은 목표가 있는 사람이다. 그래서 생계를 위해 아르바이트를 해도 눈빛이 다르다. 반면에 꿈이 없는 사람은 '내가 지금 제대로 가고 있는 건가? 돈은 언제 벌어서 기반을 잡지?' 이런저런 생각과 고민이 많을 수밖에 없다. 자신의 꿈, 하나의 분명한 목표가 없기 때문에 현실이냐 이상이냐를 따지며 우왕좌왕하는 것이다.

현실과 이상은 서로 떨어져 있는 것이 아니다. 하나로 붙어 있다. 오늘의 현실이 나의 미래와 이상을 만들고, 미래의 이상이 오늘의 현실을 잘 살아내게 하는 힘이 되어줄 것이다.

'무당벌레는 나무 꼭대기에서 난다'

    '아이돌'이 한류 돌풍을 일으켰다. 이제는 전세계를 무대로 확장되고 있다. 그런데 이들의 화려한 모습 뒤에는 뼈를 깎는 훈련 과정이 있다.

    연습생 시절을 몇 년씩 거치면서 실력을 닦는다고 한다. 어느 날 갑자기 혜성처럼 나타나 단숨에 성공한 듯 보이지만, 그 화려한 모습 뒤에는 엄청난 노력의 과정이 숨어 있는 것이다.

    얼마 전 박찬순의 소설 『무당벌레는 꼭대기에서 난다』를 읽었다. 어느 날 주인공이 숲 속에서 무당벌레의 몸짓을 자세히 보는데, 나무 밑동에서부터 올라가며 진딧물을 깨끗이 먹어치운 다음 꼭대기에 오른 뒤에야 날아가더라는 것이다.

    그 이야기를 읽으면서 잠시 떠오른 생각이 있었다. 우리는 꼭대기에 오르기 전에 날개부터 펴진 않는지, 노력과 과정은 생략하고 화려하게 날고 싶은 마음만 갖고 사는 건 아닌지를 돌아보게 했다. 성급하게 열매만 얻으려 하거나 제대로 날지 못한다고 자책하며 스스로를 비하하고 있는 것은 아닌지 성찰하게 한다.

젊을 때일수록 하루 빨리 열매를 얻길 바란다. 그것이 성공이라고 생각한다. 일 초라도 꼭지점에 이르는 시간을 단축하고 싶어 한다. 그러나 그것은 헛된 망상일 뿐이다.

꼭지점까지 올라가는 과정에는 너무도 많은 변수와 도전이 기다리고 있다. 숱한 갈등과 실패 속에 절망하고 주저앉고 우울한 순간을 거치고 견디면서 올라가야 한다. 그런 과정을 반복하며 마침내 꼭지점에 올라간 사람들을 일컬어 우리는 '챔피언'이라고 부른다. 대가, 장인, 프로라 부른다.

어떤 분야에서든 대가, 장인, 프로가 되려면 끊임없는 노력과 단련을 거쳐야 한다. 실패의 고통, 경제적인 난관, 사랑과 이별의 아픔도 겪으면서 자신의 꿈을 키워야 한다. 그를 위해 끝없이 노력한 것이 어느 순간 빛을 발하면서 경지에 이르게 되는 것이다.

작가가 되는 데도 과정이 필요하다. 해마다 연말이면 각 신문사마다 신인 작가 발굴을 위한 신춘문예를 개최하고, 수많은 작가 지망생들이 도전한다. 신춘문예에 당선되면 문단과 대중에게 작가로 인정을 받기 때문에, 작가 지망생들은 이 문을 통과하는 것을 가장 큰 영예로 생각한다. 그중 신춘문예를 오랫동안 준비하고 여러 번 도전하는 사람이 있는가 하면, 재능과 운이 맞아 한두 해 만에 통과하는 사람도 있다.

그런데 어린 나이에 쉽게 등단하는 작가들은 대개 작가 생명이 짧다. 오랜 기간 실패를 거듭 경험한 작가들 중에 '대가'가 많다.

작가가 되기 위해서는 기본적으로 '반복'을 거듭하며 습작도 많이 해야 하고, 삶의 경험도 다양하게 쌓고, 고생도 많이 해봐야 한다. 그러면서 수없이 썼다 지웠다를 반복해야 한다. 나 자신도 그런 과정을 처절하게 거쳤다. 그때는 고난이었고 역경이었지만, 지나고 보니 그 모든 것이 글쓰기에 좋은 재료가 되어주었다.

나 또한 숱하게 썼다 지웠다를 반복한 시간이 있었다. 요즘에는 컴퓨터로 쓰지만, 예전에는 여러 개의 펜을 번갈아 쓰며 백 장의 파지를 내어 겨우 한 줄의 글을 얻는 지난한 과정이 있었다.

조앤 롤링은 해리 포터 시리즈로 일약 세계적인 작가가 되었다. 정부 생활보조금을 받는 가난한 이혼녀가 하루아침에 세계적인 스타가 된 것이다.

그러나 잘 알려진 대로 그녀의 성공 또한 결코 하루아침에 이루어진 것이 아니다. 숱한 고생과 역경 속에서도 상상력을 잃지 않고 반복해서 글을 써온 긴 기다림의 시간이 있었다.

그녀는 어릴 때부터 부모님이 읽어주는 책 이야기에 귀 기울이고, 여섯 살 때는 토끼 이야기를 지어내 두 살 아래의 여동생에게 들려주었다고 한다. 그리고 동생에게 들려준 그 이야기를 적어나가기 시작했는데,

그것이 그녀의 생애 첫 작품이었다. 그녀는 학창 시절 내내 작가의 꿈을 키웠다. 열 살 무렵엔 「일곱 개의 저주받은 다이아몬드」라는 단편소설을 쓰기도 했다.

조앤 롤링의 삶은 독서와 글쓰기로 점철되었다. 이혼하고 생계를 위해 힘든 일을 하는 와중에도 습작만은 놓지 않았다. 그 모든 과정이 하나로 모아져 어느 날 『해리 포터』의 탄생으로 이어진 것이다.

'반복이 부처다'라는 말이 있다. 반복이 명인을 만들고 달인을 만든다. 그 반복의 시간을 견디지 못하면 대가가 될 수 없다. 오랜 반복이야말로 경지에 이르는 길이다.

그런 경지에 이른 이들은 긴급한 위기 상황에도 노련하게 대처할 수 있다. 2009년 1월 15일 뉴욕에 큰 사고가 있었다. 승객 155명을 태운 US에어웨이즈 소속 비행기가 이륙한 지 약 5분 만에 조류와 엔진의 충돌로 엔진이 정지되는 심각한 위기를 맞이했다. 회항도 할 수 없는 상황이었다. 가까운 허드슨 강으로 불시착하게 되었는데 놀랍게도 비행기가 물속으로 처박히지 않고 수면을 스치듯이 비행하며 멎었다. 덕분에 승객 전원이 무사했다.

그 위급한 상황에서도 빠른 판단력과 비행 기술로 승객 전원을 살린 조종사가 화제가 되었다. 알고 보니 그는 비행시간 1만 9천 시간을 기록한 베테랑이었다.

어느 분야의 경지에 오르기 위해선 몸과 마음이 함께 훈련되어야 한다. 먼저 자기 몸을 그렇게 만들어야 한다. 마음도 함께 따라가주어야 한다. 열심히 연습하고 반복하는 것을 마음으로부터 즐겁게 받아들일 수 있어야 한다.

어떤 일에 반복해서 흘린 땀은 결코 사라지지 않는다. 시간이 가면서 더욱 깊은 곳에 축적되고 축적된 그 힘은 언젠가 훨훨 날아오르는 동력이 된다. 무당벌레가 밑동에서 기어올라 나무 꼭대기에 이르면서 만들어진 그 튼튼한 날개로 하늘을 날아오르듯이 말이다.

수백 번 셔터를 눌러도

　　신문 기자 시절에 사진 동호회를 만들어 활동한 적이 있다. 어렵사리 돈을 모아 좋은 카메라를 하나둘 장만하고 주말이 되면 산으로 들로 사진을 찍으러 다녔다. 어떤 풍경을 만날지, 어떤 사진이 찍혀 나올지 늘 가슴이 설렜다.

　처음에는 무턱대고 열심히 셔터를 눌러댔다. 많이 찍다 보면 분명 그 안에 좋은 작품도 나오리라 생각해서였다. 그런데 막상 전시회를 하려다 보니 내걸 만한 작품이 한 장도 없었다.

　그때 셔터만 많이 누른다고 좋은 사진을 찍을 수 있는 건 아니라는 사실을 깨달았다. 수만 번 셔터를 눌러도 그 안에 혼이 담기지 않는다면 단 한 장의 작품도 남길 수 없다는 걸 알았다.

　나는 제주도를 참 좋아한다. 아침편지 가족들과 함께한 올레길 걷기 명상 여행은 지금도 잊지 못할 추억 속 한 장면이다. 그때 걷기 명상 코스에 반드시 포함시킨 곳이 하나 있다. 바로 '김영갑 갤러리'다. 내가 제주를 좋아하게 되고 마음속에 늘 특별한 공간으로 남게 된 것은 사진작가 김영갑이 찍은 몇 장의 사진 때문이다.

저녁 무렵의 오묘한 빛에 물든 한라산 자락의 중산간, 바람과 하늘과 구름 속에 나부끼는 황금빛 갈대……. 그 사진을 본 순간 전율이 일었다. 그것은 누구나 볼 수 있는 풍경이 아니었다. 아니다. 누구나 볼 수 있는 풍경이었다. 그러나 김영갑이라는 사진작가의 혼이 담긴 시선이 아니었다면 결코 담아내지 못할 경이로운 풍경이었다.

제주의 자연을 담아내는 데 일생을 바친 김영갑은 중산간의 노을 한 장면을 찍기 위해 몇 시간씩 서 있느라 끼니를 거르기 일쑤였고, 같은 장소에서 수천 번의 셔터를 눌렀다고 한다. 루게릭 병으로 더 이상 사진을 찍지 못하게 될 때까지 그렇게 찍은 사진이 무려 30만 장이 넘었다고 한다.

그처럼 혼을 담은 시선과 30만 번의 반복이 어떤 사람에게 전율을 안겨주는 경이로운 작품을 창조해 낸 것이다.

사진은 초점이 잘 맞아야 한다. 같은 카메라로 찍어도 초점에 따라 디테일에 엄청난 차이가 있다. 초점을 정확히 맞춘 사진은 땀구멍과 미세한 솜털까지 선명하게 드러난다.

우리의 시선도 그와 같다. 혼을 담은 시선으로 초점을 맞추게 되면 '땀

구멍'과 '미세한 솜털'까지 선명하게 보인다. 다만 한 가지, 카메라 초점과 우리 인간 시선의 초첨이 다른 것은 카메라 초점은 미세한 솜털까지만 보이지만 사람의 초점은 솜털뿐만 아니라 보이지 않는 솜털의 뒷면까지 볼 수 있다는 점이다.

상대의 얼굴을 보면서 그의 마음까지도 볼 수 있고, 지금 이 순간의 모습에서 그가 지금까지 살아온 과거의 모습과 앞으로 살아갈 미래의 모습도 보인다. 한 걸음 더 나아가 그의 영혼까지도 보인다.

다시 사진 이야기로 돌아가보자. 그런데 놀라운 것은, 혼이 담긴 시선으로 찍은 작가의 사진은 표면의 얼굴뿐 아니라 마음까지도 함께 찍힌다는 사실이다.

사진작가 앙리 카르티에 브레송은 이렇게 말했다.

"사진을 찍을 때 한쪽 눈을 감는 이유는 마음의 눈을 위해서이고, 찰나에 승부를 거는 것은 사진의 발견이 곧 나의 발견이기 때문이다."

사진을 찍는다는 것은 육체의 눈뿐 아니라 마음의 눈을 뜨는 것이고, 아름다운 피사체뿐 아니라 나의 내면까지를 발견하는 것이다.

혼을 담은 시선으로 바라보면, 그 사진 속에 내 혼이 담긴다. 그것이 전율을 안겨주는 사진의 비밀이다.

우리 인생도 마찬가지다. 수없이 '셔터'를 누르지만 제대로 된 사진 한 장 건지지 못하는 경우가 많다. 혼이 담기지 않았기 때문이다. 누군가를 바라볼 때에도 그냥 바라보면 울고 웃는 얼굴 표정만 보이지만, 혼을 담아 바라보면 눈물 속에 기쁨이, 웃음 속에 슬픔이 녹아 있는 그 사람의 내면의 표정이 보인다.

혼을 담아서 보면 지금까지 보이지 않던 것들이 보인다. 그래서 말이 필요 없어지기도 한다. 사랑하는 사람의 눈만 봐도 모든 것을 느낄 수 있다. 무엇 때문에 얼굴빛이 어두운지 혹은 밝아졌는지를 헤아릴 수 있게 된다. 상대를 더 잘 알게 되고, 더 깊이 사랑하게 된다.

깊이 빠져든다는 것

삶에는 늘 에너지가 필요하다. 에너지는 한정돼 있다. 따라서 에너지를 적절히 배분하고 효율적으로 쓰는 기술이 필요하다. 그렇지 못하면 쉽게 지치고 일생에 걸쳐 무언가를 이루어내기 힘들다.

에너지를 효율적으로 쓰는 방법 가운데 하나가 이른바 '선택과 집중'이다. 마음이 흩어진 상태에서는 하루 종일 걸려도 못할 일을, 선택하고 집중하면 서너 시간 만에 끝낼 수도 있다. 꿈에도 선택과 집중이 필요하다.

통합의학의 권위자이자 이롬의 창업자인 황성주 박사는 고등학교 2학년 때까지만 해도 꼴찌에 가까운 성적이었다고 한다. 어릴 적 그의 꿈은 목장 주인이었다. 소만 잘 키우면 되니 공부할 필요가 없다고 생각해 공부는 뒷전에 두었던 것이다. 그런데 고등학교 2학년이 되자 꿈이 달라졌다. 의사가 되기를 꿈꾸게 된 것이다.

'목장 주인이 되는 것도 좋지만 의사가 돼야 더 많은 봉사와 기여를 할 수 있을 거야.'

그 꿈을 이루기 위해서는 일단 의대에 가야 했다. 그는 그때부터 공부에 집중해 1년 만에 전교에서 일등을 하고 서울대학교 의대에 들어갔다.

불과 1년 만에 목표를 이룬 힘은 '선택과 집중'이었다. 의사라는 새로운 꿈의 '선택'과 그 선택에 따른 '집중'이 황성주 학생의 모든 것을 바꾸어놓은 것이다.

공부의 집중력은 내가 공부해야 하는 이유와 목표를 선택하는 데서 시작된다. 그 의지가 미지근하면 집중하기 힘들다. 부모가 공부하라고 해서, 남들이 하니까 억지로 하는 경우라면 공부에 집중하기 어렵다.

링컨학교 학생들이 많이 묻는 질문이 있다.

"공부하기 싫을 땐 어떻게 해요?"

내가 답한다.

"공부하기 싫으면 하지 마세요. 계속 노세요."

"언제까지 놀아요?"

"지겨울 때까지. 그러다가 내 인생 망치겠구나, 안 되겠구나 하는 생각이 스스로 들 때까지."

왜 공부해야 하는지, 왜 공부가 중요한지 스스로 깨달음이 오는 때가 있다. 눈에 불이 켜지는 순간이다. 그때 공부해야 제대로 집중이 된다. 남들이 세 시간 하는 공부를 30분 만에 끝낼 수 있다. 그것이 집중의 힘이다.

어떤 한 가지에 집중하다 보면 다른 것을 잃게 되기도 한다. 하지만 그런 상실의 경험조차도 인생에는 큰 도움이 된다. 나 역시 5년 동안 대통령 연설문을 쓰는 한 가지 일에만 집중하면서 건강을 잃었다.

그러나 건강이 무너졌던 그 경험이 새로운 인생을 선물처럼 안겨주었다. 망가진 건강을 되찾기 위해 〈고도원의 아침편지〉를 시작하고 명상과 힐링에 관심 갖기 시작했던 것이다.

이처럼 집중의 경험은 자신의 한계점과 역량을 시험하는 계기가 되고 인생의 전기를 만들어주기도 한다.

무언가에 깊이 빠져드는 경험은 어릴 때부터 해보는 것이 좋다. 공을 차든 팽이를 돌리든 상관없다. 팽이치기의 달인이 되어봤던 아이는 공도 잘 찰 수 있다. 성장하면서 자기 일을 개척할 때에도 큰 자산이 된다.

집중한다는 것은 곧 혼을 담는 것이다. 백발백중의 명사수는 단순한 반복으로 만들어지지 않는다. 단 한 번을 쏘아도 혼을 담아야 한다. 한 발 한 발 쏠 때마다 단 한 발밖에 없다고 생각하고 집중해서 쏠 때 손끝에도 혼이 담기게 된다. 그렇게 한 발 한 발 혼이 담긴 시선으로 집중해서 쏘다 보면 나중에는 눈을 감고 쏴도 백발백중 명사수가 된다.

사람 욕심

이것도 하고 싶고 저것도 하고 싶을 때, 흔히 욕심이 많다고 한다. 그 '욕심'이란 말에는 부정적인 느낌이 많다.

그런데 이렇게 이야기하면 느낌이 달라진다.

"나는 꿈이 많은 사람이야."

'욕심'을 '꿈'으로 바꾸면 긍정적으로 바뀐다.

그 꿈을 키우고 이루기 위해 진짜 욕심을 내야 하는 것이 있다. 바로 사람 욕심이다. 『카네기 인간관계론』으로 유명한 데일 카네기는 "한 사람의 성공은 15퍼센트의 전문적 기술과 85퍼센트의 인간관계가 좌우한다"고 썼다. 사람을 많이 얻고, 꿈을 함께 꾸는 사람들이 많아야 꿈을 이루기 쉬워진다. 10년 걸려 이루어질 꿈이 좋은 사람을 만나 1년 만에 이루어지기도 하고, 평생 목표로 삼았던 꿈이 그야말로 하루아침에 이루어지기도 한다.

아침편지만 해도 15년째 회원이 늘고 있는 것은 보통 행운이 아니다. 축복과도 같은 일이다. 아침편지를 읽고, '저 사람 글이 그냥 글이 아니고 혼이 담긴 글이구나. 어쩌면 저 사람의 삶이 나에게도 꿈이 될 수 있겠구나'라고 느낀 분들이 견고하게 뿌리를 내려서 오늘의 큰 동아리가 되었다. 아버지가 딸에게, 아내가 남편에게, 친구가 친구에게, 직장 상사가 직원에게 전해주는 선물이 되었다.

큰 꿈일수록 혼자 이룰 수가 없다. 그 꿈에 공감하고 손잡아주는 사람, 응원하는 사람을 많이 만나야 한다. 혼자서는 도저히 할 수 없는 일도 함께하면 이룰 수 있다. '혼자 꾸면 꿈이지만 만인이 함께 꾸면 현실이 된다'는 이야기는 결코 빈말이 아니다. 그래서 꿈을 가진 사람은 다른 어떤 것보다 사람을 욕심내야 한다.

사람에 대해 욕심을 내라고 하면 마치 무조건 인맥을 넓히라는 뜻으로 오해하는 경우가 있다. 나에게 필요한 사람, 도움이 되는 사람을 이용하는 것으로 착각하기 쉽다.

'사람 욕심'은 그런 뜻이 아니다. 진정한 사람 욕심이란 그 사람의 고유한 존재 가치를 존중해 주는 것이다.

누군가가 자기의 존재 가치를 인정하고 존중해 주면 그 사람은 반드시 자기 이름값으로 보답한다. 바보 온달노 평강공주를 민니 장군으로 거듭날 수 있었듯이.

가수를 꿈꾸는 사람이 있다고 하자. 그가 마이크를 들면 아흔아홉 사람이 달아난다. 그런데 딱 한 사람이 "잘하네, 또 불러봐"라고 백 번을 말하면서 박수를 쳐준다. 그러면 그 사람은 세계적인 가수가 될 수 있다고 나는 믿는다. 그게 바로 내가 생각하는 '사람에 대한 욕심'이다. 그 사람이 가진 개성, 삶의 태도, 그 사람의 꿈을 믿어주고 박수쳐 주는 것이다.

그러면 지금 당장은 나와 상관이 없어도 그 사람과 어느 지점에서든 만나게 되어 있다. 먼발치에서 만날 수도 있고 함께 꿈을 꾸고 일하는 곳에서 만날 수도 있다.

내가 근래에 그런 경험을 했다. 얼마 전 아름다운 순천만 정원에서 '힐링허그 사랑포옹' 행사를 함께 열며 순천시와 MOU 협약을 맺었다. 그때 만난 조충훈 순천시장이 나의 청년 시절 친구였다. 같은 대학을 다닌 건 아니었지만, 서로 다른 대학의 신문사 편집장으로 '의분에 넘치는' 청년 시절을 함께 보냈다.

그런데 어느덧 나이가 들어 한 사람은 순천시장이 되어서 순천만 정원을 만들고 박람회를 여는 사람이 되고, 나는 깊은산속옹달샘에서 명상센터를 운영하는 사람이 되어 있었다. 그리고 우리 두 사람이 만나 '순천만 정원에 깊은산속옹달샘의 명상 프로그램을 접목시켜서 세계적인 힐링가든을 만들자'는 꿈을 꾸게 되었다.

사람과 사람의 만남에도 혼이 담긴 시선이 필요하다. 법정 스님은 "친구 사이의 만남에는 서로 영혼의 메아리를 주고받을 수 있어야 한다"고

했다. 바로 이것이다. 서로 혼이 담긴 시선으로 바라보며 영혼의 메아리를 주고받을 수 있어야 한다. 그러면 각자 자기 길을 가다 나이 들어 다시 만났을 때 '세상에 하나밖에 없는' 그 무엇을 만들어낼 수 있다.

우리는 저마다 각자의 존재로만 머무르지 않는다. 나와 너, 너와 내가 혼이 담긴 시선으로 좋은 만남을 이룰 때, 서로의 가치를 존중하는 두 사람이 만났을 때, 세상에 없던 제3의 것을 창조해 낼 수 있다. 그 중심에 바로 '사람'이 있다.

그래서 오늘도 나는 사람을 욕심낸다. 깊은산속옹달샘에서, 링컨학교에서 열심히 사람들을 만나고 있다. 그들의 꿈을 만나고 있다. 그들의 일생에서 나와의 만남이 좋은 출발점이자 전환점이 되었으면 좋겠다는 꿈과 희망을 품고서.

운디드 힐러

외환 위기로 많은 이들이 절망에 빠져 있을 때 『나는 희망의 증거가 되고 싶다』라는 책으로 세상에 희망을 전했던 서진규 박사가 깊은산속옹달샘에 머문 적이 있다. 계획에 없던 강연까지 들을 수 있었던 귀한 만남이었다.

서 박사는 잘 알려진 대로 이십 대에 가발 공장에서 일하다 꿈을 안고 미국으로 건너갔지만 불행했던 결혼생활을 비롯해 갖은 고생을 하게 된다. 그러나 그녀는 끝까지 희망을 포기하지 않았다. 미 육군에 자원 입대하여 장교가 되고, 마흔세 살에는 군인의 신분으로 하버드대 대학원에 진학해 석사 과정을 마쳤다. 여기서 멈추지 않고 박사 과정에도 도전했다. 논문이 통과되어 박사모를 쓰게 되었을 때 나이는 쉰아홉이었다.

그녀는 모진 삶의 역경을 이겨내고 꿈을 이루어 '희망의 증거'가 되었다. 2,000회가 넘는 강연회를 통해 수많은 이들에게 희망과 용기를 안겨주었다.

그러나 그런 그녀에게도 고난과 절망의 시간들은 계속되었다. C형 간염으로 몸 건강을 잃게 되었다. 심각한 우울증까지 찾아왔다. 모든 게 허무하게 느껴졌다.

그 즈음 서진규 박사에게 한 통의 편지가 배달되었다. 새벽에는 신문 배달을, 학교가 끝나면 편의점 아르바이트를 하며 스스로 돈을 벌어야 했던 어느 여고생의 편지였다.

"추운 겨울날 새벽에 신문 배달을 하다가 갑자기 너무 서러워져서 이제 그만 모든 것을 포기하고 싶다"는 내용이 절절하게 담겨 있었다.

몸과 마음이 모두 힘든 때였지만 서 박사는 정성들여 답장을 썼다. 여고생은 대학생이 되어서도 힘이 들 때면 서 박사에게 메일을 보냈다. 그 소중한 인연이 이어져 어느 날 국제회의 기획자로 성장한 모습으로 다시 만나게 되었다. 다시 그녀에게서 메일이 왔다.

"선생님은 지금의 저를 있게 한 가장 중요한 분이세요. 십 년 동안 선생님에 대한 감사의 마음을 한순간도 잊은 적이 없습니다. 아직은 성공이라고 말할 수 없지만 그리고 아직도 방황하는 청춘이지만 선생님께서 보내주신 격려에 이렇게 사회의 한 구성원으로 잘 성장했다는 걸 선생께 알려드리고 싶었어요. 다 선생님 덕분이라고. 정말 희망의 증거이셨다고……."

서 박사는 그때 그 여고생의 편지에서 무엇보다 큰 위로와 용기를 얻었다고 한다.

　서 박사를 다시 일으켜 세운 건 이처럼 독자들과 청중들이었다. 자신에게서 희망을 발견해 용기를 갖고 살아가는 사람들이 있는 한 그녀는 무너질 수 없었다. 덕분에 몸과 마음의 병을 극복하고 집필과 강연 활동에 보다 더 열정적으로 임할 수 있었다.

　상처 입은 치유자, '운디드 힐러(Wounded Healer)'는 내 상처를 극복함으로써 다른 이들을 치유하는 사람이다. 자신의 아픔으로 전 국민에게 용기와 희망이 되었던 서진규 박사는 바로 '운디드 힐러'다. 편지를 써 보냈던 여고생 역시 서 박사에게 운디드 힐러였다.

　상처는 잘 지워지지 않고 늘 되살아난다. 가슴을 짓누르고 가는 길을 막아세우기도 한다. 그래서 우리에게는 좋은 치유자가 필요하다. 가장 좋은 치유자가 바로 위에서 말한 '상처 입은 치유자'이다. 자신의 상처를 잘 이겨내고 소화시켜 같은 아픔을 가진 사람에게 더 깊이 공감하고 더 큰 희망으로 다가갈 수 있기 때문이다. 아픈 상처를 딛고 일어선 사람에게 주어지는 최고의 명예다.

　그렇다고 꼭 상처가 많아야만 좋은 힐러가 되는 것은 아니다. 상처 있는 모든 사람이 힐러가 될 수 있는 것도 아니다. 고통 속에 흘린 눈물이 '나'를 넘어서야 한다. 내가 흘린 눈물만큼 다른 사람의 눈물을 이해하고 그 눈물을 말끔히 닦아줄 수 있을 때 힐러가 되는 것이다.

상처는 우리를 성장하게 하지만, 그로 인해 오히려 퇴행하고 비뚤어지는 경우도 있다. 묵묵히 자신의 아픔을 이겨내며, 그 과정에서 얻어진 삶의 지혜와 공감을 따뜻하게 나눌 수 있는 마음이어야 한다. 그렇지 않으면 오히려 다른 이의 상처를 덧낼 수도 있다.

상처의 경험이 없어도 좋은 치유자가 될 수 있다. 이때 필요한 것이 서번트십이다. 고통받는 사람들을 섬기는 마음, 무릎을 꿇고 기꺼이 그들의 발을 씻어줄 수 있는 열린 가슴이 있다면 가능하다. 자신이 경험하지 못한 상처라 하더라도 "그까짓 것 가지고 뭘 그래?" "너보다 더 힘든 사람들도 많아"라고 말하는 것이 아니라, 상처 입은 그의 마음을 온전히 지지하고 보듬어주는 것이다.

치유자에게 필요한 것 역시 혼이 담긴 시선이다. 진정한 힐러, 치유자의 손길이 되려면 상처와 맞서본 경험도 필요하고 고도의 기술과 훈련도 필요하다. '훈련된' 사랑과 정성으로 혼을 담아 상처를 어루만질 때, 마음 깊은 곳 굳은 멍울이 녹아내린다. 눈물이 기쁨으로 바뀌고 절망에서도 희망의 꽃이 피어난다.

소설가도 과학자도 사업가도 힐러도
관찰이 시작이다.
정확한 관찰은 표면만 보는 것이 아니다.
보이지 않는 이면과 내면까지도 꿰뚫어 보는 것이다.
눈에 보이지 않는 것에 더 소중하고 값진 것이 숨어 있다.

혼이 담긴 시선,
사랑의 눈으로 관찰해야
미세하게 불어오는 작은 바람에서도
많은 이야기가 보인다.
나무 한 그루에서도 낙엽 하나에서도 시가 오고
어린아이의 웃음소리에서 기쁨이 샘솟고
사랑하는 사람의 미소 뒤에 숨은 아픔까지도 내게로 온다.

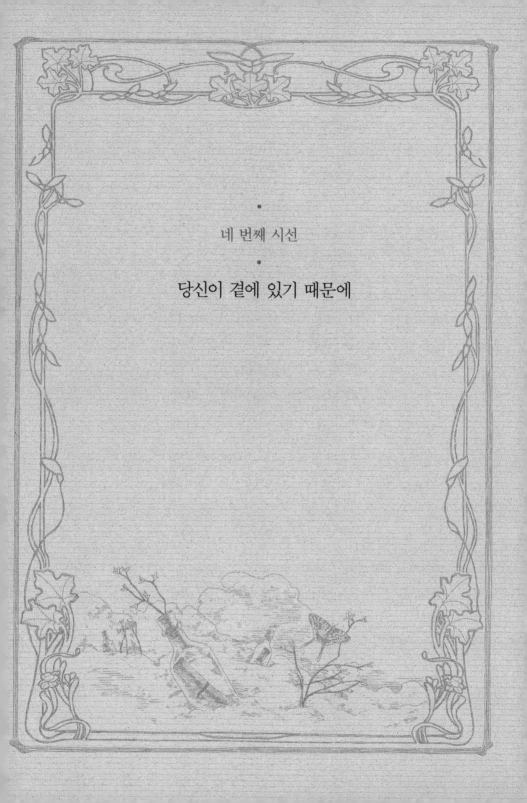

네 번째 시선

당신이 곁에 있기 때문에

한 여성이 물었다.

"이상하게 처음 만났는데도

말이 잘 통하는 이가 있는가 하면

주는 거 없이 미운 사람이 있어요.

어떻게 하면 나와 잘 맞는 사람을 만날 수 있을까요?"

주파수가 통하는 사람

살아가며 좋은 사람 하나 만나기가 쉽지 않다. 나와 잘 맞는 사람을 만나는 것은 그래서 행운이다. 꿈을 이루고 좋은 인생을 일구는 동반자를 얻는 것과 같다. 사람을 만나는 데 여러 기준이 있겠지만 나는 무엇보다 주파수를 중요하게 생각한다.

한창 기자생활을 할 때 가끔 골프를 치곤 했다. 그때 한 골프장에 가면 늘 느낌이 좋았다. 골프장 안에 레스토랑이 있었는데 그곳 직원들은 항상 생글생글 웃으며 손님들을 정성스럽게 대했다. 그 이유가 궁금해서 책임자에게 물어본 적이 있다.

"직원들이 참 친절하고 표정이 밝네요. 무슨 특별 교육이라도 하는 건가요?"

그랬더니 그분의 대답은 이랬다.

"원래 그런 사람을 뽑습니다."

교육이나 훈련의 결과가 아니라, 처음부터 밝은 주파수를 가진 사람을 채용한다는 얘기였다. 뒤통수를 한 대 맞은 듯한 느낌이었다.

사람은 교육이나 훈련을 통해서도 바뀔 수 있지만 본래 타고난 기운이 있다. 타고나진 않았어도 살아가면서 열심히 가꾸고 다듬어온 기운도 있다. 이 기운이 바로 주파수다.

주파수는 몸 전체에서 뿜어져 나오는 파동이다. 그 사람의 한순간 눈빛에서 감지되기도 하고, 말씨나 발걸음에서 느껴지기도 한다. 그저 "오늘 날씨 어때요?" 혹은 "기분이 어때요?"라고 물었을 때 나오는 짧은 대답과 표정에서도 바로 주파수를 느낄 수 있다.

나는 누군가와 이야기를 할 때 상대의 눈빛을 먼저 살핀다. 눈빛은 빛보다 빠른 속도로 그 사람의 주파수를 전해준다. 머리가 아닌 온몸의 세포를 통해 상대에 대한 느낌을 전달받는다.

지금 깊은산속옹달샘과 꽃피는 아침마을에는 모두 백여 명의 직원들이 있다. 보통 '아침지기', '마을지기'라 부르는데 나는 이분들을 뽑을 때도 주파수를 먼저 살폈다.

첫 아침지기를 뽑을 때는 내가 청와대에서 연설 담당 비서관으로 일할 무렵이었다. 〈고도원의 아침편지〉를 보내다가 회원이 육십만, 칠십만 명이 되니까 도저히 혼자서는 운영할 수 없는 단계에 이르렀다. 그래서 비서 겸

웹마스터를 뽑는다는 공지를 아침편지에 내보냈더니 오백 명이 넘는 사람들이 지원을 했다.

보내온 이력서를 검토하고 그중 몇 사람을 선발해 면접을 봤는데, 면접자의 주파수를 가장 먼저 살핀 사람은 내가 아니라 당시 나의 비서였다.

면접자가 오면 그 비서가 정문에서 만나 내 방까지 안내해 주는 사이에 이미 면접자의 주파수를 읽어내는 것이다. 비서가 내 방 문을 두드리고 들어와 알려주었다.

"○○○ 씨 오셨습니다."

그러면 내가 물었다.

"어때?"

"별로예요."

비서가 그렇게 이야기하면 실제로도 별로였다. 입구에서 내 방까지 안내하며 오는 5분에서 10분 사이의 짧은 침묵 속에 그 사람의 주파수를 읽어내고 내가 찾는 사람인지 아닌지를 이미 판단한 셈이다.

그렇게 몇 명을 보냈다. 그러던 어느 날 다음 면접자가 왔다며 비서가 문을 두드리고 들어왔다.

"어때?"

"좋아요."

비서가 '좋다'고 한 사람은 나에게도 좋은 사람이었다. 그 사람이 바로 아침지기 1호 윤나라 수석실장이다. 그로부터 십수 년 동안 나와 더불어 동고동락하며 오늘의 깊은산속옹달샘을 만들어가고 있다.

애초에 웹마스터 한 명만 뽑을 계획이었는데 한 청년이 거듭 메일을 보내왔다.

"메일에 왜 답변이 없습니까? 기다리고 있습니다."

이력서를 다시 보니 카이스트 출신에 국내 굴지의 대기업에 다니는 직장인이었다. 그를 불러 첫 마디에 물었다.

"월급이 얼마입니까?"

"○○○입니다."

"미안하지만 저는 그렇게 줄 수가 없는데요."

"저는 월급을 보고 오지 않았습니다."

그 말과 눈빛에서 좋은 주파수를 느꼈다. 그가 바로 꽃피는 아침마을을 지금의 탄탄한 공동체로 키워낸 청년 CEO 최동훈 대표이다.

그리고 '전율을 느낀다'는 말로 나에게 강력한 주파수를 보냈던 이하림 팀장을 비롯한 이 세 사람이 가장 오래된 아침지기, 마을지기로 나와 같은 꿈의 길을 가고 있다.

이들을 만났을 때, 나는 그저 내 일을 도와줄 사람을 만났다는 안도감을 넘어서 내 꿈의 씨앗들이 싹을 틔우고 꽃을 피우리라는 믿음을 가질 수 있었다. 주파수가 맞는, 그래서 꿈을 향해 함께 걸어갈 이들을 만난 것이다. 그리고 십여 년이 훌쩍 지난 지금, 그것은 현실이 되었다.

좋은 주파수를 가진 사람은 신뢰를 준다. 재능이 있는 사람보다는 좋은 주파수를 가진 사람에게 마음이 가고 일을 맡기게 되는 이유이다.

편안하고 밝은 얼굴, 부드럽고 친절한 말씨, 호기심이 넘치고 자애로운 눈빛을 가진 사람은 서로가 서로를 알아본다. 누구나 좋아한다.

좋은 주파수를 가진 사람을 만나려면 내가 먼저 좋은 주파수를 가져야 한다. 내 주파수의 수준을 높여야 한다. 그리고 상대의 주파수를 잘 읽어내려면 무엇보다 내가 공명이 잘 되는 몸과 마음의 상태여야 한다. 나의 주파수의 수준에 따라 같은 수준의 주파수에 공명할 수 있다.

딱 한 사람만 있으면

아내는 요즘 깊은산속옹달샘에서 풀을 뽑고 꽃을 심는 게 일상이 되었다. 그날도 아내가 풀을 뽑는데 한 아이가 다가와서 묻더란다.

"아줌마는 왜 아침부터 풀을 뽑고 그러세요?"

"이곳을 예쁘게 하려고 그런단다."

"저도 도와드릴까요?"

아내와 아이는 함께 풀을 뽑으며 도란도란 이야기를 나누었다.

"넌 꿈이 뭐니?"

"과학자요. 아줌마는 꿈이 뭐예요?"

"나는 이 풀을 뽑아서 남편이 하는 옹달샘 일을 잘 돕는 게 꿈이야."

아내의 이야기를 듣는데 가슴이 뭉클했다. 인생의 굽이굽이를 함께 거쳐오면서, 내 꿈을 믿어주고 밀어주고 이젠 풀 뽑으며 남편을 돕는 게 꿈인 아내가 정말 고마웠다. 어느새 우리 부부는 하나의 꿈을 향해 가는 진정한 동반자가 되어 있었다.

　젊을 때 하도 많은 고생을 하고 온갖 산전수전을 겪으면서 아내와 참 많이도 싸웠다. 젊은 시절의 부부싸움 이야기를 자꾸 꺼내서 미안하지만, 정말이지 박터지게 싸웠다. 2박 3일, 6박 7일이 아니라 6개월을 마냥 싸운 적도 있었다. '차라리 한강으로 가서 뛰어내리자'는 극단적인 생각도 여러 번 했다.

　그러다 어느 날, 비장한 결심으로 아내에게 말했다.

　"이제 우리 싸우지 말자. 다시는 한강 가자고 안 할게."

　잠시 무거운 침묵이 흘렀다. 내가 다시 입을 열었다.

　"우리 이제 먹을 것이 없으니까 지금부터 꿈을 먹고 살자. 나한테 꿈이 있어. 나 좋은 글 쓰는 사람이 되고 싶어. 좋은 작가, 좋은 기자가 되고 싶어. 지금의 이 아픈 경험들이 나중에 내가 쓰는 글의 좋은 재료가 되게 할 거야."

　그리고 울먹이면서 한마디 툭 던졌다.

　"내가 죽기 전에 대통령 연설문 하나 쓰고 죽을 거야."

　그때 아내가 만약 "뭐라고? 웃기고 있네" 그렇게 대답했더라면 지금의 내가 있었을까. 아내도 같이 울먹이며 이렇게 말했다.

　"그래, 당신은 할 수 있어. 당신 글 솜씨 있잖아. 할 수 있고말고."

　그로부터 정확히 이십 년이 흐른 어느 날, 아내에게 무심코 내뱉었던 말이 현실이 되어 대통령 연설문을 쓰는 자리를 제안받게 되었다. 나를 응원해 준 아내의 한마디가 궁핍과 절망의 강물에 빠져 허우적대던 내게 희망의 밧줄이 되어준 것이다.

갓 결혼한 부부라면 꿈이 같을 수도 있고 다를 수도 있다. 부부싸움을 하고 산전수전을 겪으면서 두 사람의 꿈이 갈라져 깨지기도 하고 하나로 모아지기도 한다. 수없이 다투고 싸우며 갈등을 조정하는 과정에서 두 사람의 꿈이 하나로 응고되어 어떤 공통점을 찾게 되는 것이다.

깊은산속옹달샘은 나의 꿈이었지만 아내의 꿈이기도 했다. 많은 사람들에게 기쁨과 희망을 주겠다는 목표에 아내도 함께 해주었기 때문이다. 옹달샘에서 매일 새벽 풀을 뽑고 꽃을 심으면서 같은 꿈을 향해 함께 걸어가고 있는 아내가 고맙고 자랑스럽다.

"나를 믿어주는 사람, 단 한 사람만 있어도 된다."

그가 곧 내 꿈을 지원하고 후원하는 절대적 동반자다. 부부든, 친구든, 동료든 내 꿈을 믿어주는 사람이 있을 때, 그 꿈은 결코 시들지 않는다. 나이를 먹어도 파릇한 생명력으로 다시 태어난다.

힐링허그 사감포옹

"사랑합니다! 감사합니다!"

9월의 푸른 하늘과 녹색 융단이 깔린 순천만 정원 위로 밝은 함성이 울려퍼졌다. 저 멀리 오름 위에서도 그림 속 한 장면처럼 색색의 깃발이 나부꼈다. 곁에 있던 가족과 친구, 함께 춤을 추며 만난 사람, 미소로 눈이 마주친 사람 모두 '사랑합니다! 감사합니다!' 인사를 건넸다. 편안하고 따스한 포옹 속에 하나가 된 순간이었다.

아침편지를 쓸 때 맨 마지막 줄에 '사랑합니다, 감사합니다'라는 끝인사로 마무리를 한다. 그리고 옹달샘에서 모든 프로그램을 시작하고 끝맺을 때나 아침편지에서 진행하는 명상 여행을 할 때도 서로 소리 내어 '사랑합니다, 감사합니다'라는 인사를 나누게 한다. 그렇게 한 지가 벌써 십여 년이 넘었다. 그 인사를 입술로만 하지 말고 마음을 담아 해보자고 하면 두 마디의 짧은 인사인데도 가슴이 뜨거워지고 핑그르 눈물이

돌고 코끝이 찡하다는 분들도 계셨다.

어느 날 이 인사를 하나의 운동으로 더 깊이 더 많은 사람들과 나누어보면 어떨까 하는 생각에 '힐링허그 사감포옹'을 시작했다. 오른손을 들어 상대의 어깨 위로 올리고, 왼손은 상대의 등 뒤로 돌려 안으면서 '사랑합니다, 감사합니다'라고 포옹하는 것이다. '힐링허그 사감포옹'은 이렇게 탄생했다.

그러면서 놀라운 것들을 경험하게 되었다. 무엇보다 사람들의 표정이 밝고 환해졌다. 뇌가 판단하기 전에 우리 몸의 세포가 반응해 얼굴 표정부터 달라지기 시작한 것이다. 마음속 응어리진 부분이 녹아내리고 편안해진다. 사람마다 얼굴에 따스한 미소가 감돌고 빛이 난다.

실제로 6초 이상 깊은 포옹을 하면 행복 호르몬인 세로토닌과 옥시토신이 샘물처럼 솟아난다는 연구 논문도 있다. 포옹할 때 나오는 이들 호르몬이 외로움과 불안 같은 마음을 잠재우는 데 효과가 있다고 한다. 포옹은 세상에서 가장 안전하고 따뜻한 호르몬 주사인 것이다.

🐦 독일의 유명 심리치료사인 이름트라우트 타르의 『페퍼민트: 나를 위한 향기로운 위로』에는 이런 말이 적혀 있다.

"한 번의 포옹이 수천 마디의 말보다 더 많은 것을 말해 줍니다. 포옹에 익숙하지 않더라도 누군가를 안아보십시오. 따뜻한 포옹을 필요로 하는 사람이라면 더할 나위 없습니다. '당신이 있어 기쁘다'는 것을 말뿐만 아니라 행동으로도 보여주십시오. 그것은 상대방은 물론 당신의 영혼에도 좋은 일입니다."

아이를 품에 안은 어머니의 모습만큼 따뜻한 풍경도 없다. 누군가를 안는다는 것, 누군가에게 안긴다는 것은 세상에서 가장 따스하고 행복한 시간이다.

지금도 잊지 못할 포옹의 순간이 있다. 가난한 살림에 유난히 겨울이 춥던 철부지 어린 시절, 어머니는 밤새 꽁꽁 얼어붙은 나를 끌어안아 당신의 체온을 나눠주셨다.

그날 어머니가 불어넣어주셨던 온기는 단지 몸을 덥히는 것에 머물지 않고 평생의 기운으로 남아 지금까지도 나의 몸과 마음을 따뜻이 감싸주고 있다. 힘들고 괴로울 때마다 어머니의 따뜻한 포옹과 그 온기를 생각하며 다시 일어서곤 한다.

포유동물의 생존의 핵심은 서로 품에 안는 것이다. 파충류나 양서류는 안지 않는다. 안는 것은 가슴과 가슴을 맞대는 것이다. 마음과 마음, 즉 심장과 심장을 맞대는 것이다. 서로 공명하는 것이다. 사랑을 나누는 것이다. 우리 생명의 엔진인 심장을 맞대어 생명의 진동과 사랑을 나누는 게 바로 포옹이다.

포옹은 얼싸안는 것이다. 거기에는 '얼을 감싸 안는다는' 뜻이 포함되어 있다. 가슴뿐 아니라 얼, 곧 그의 영혼마저 감싸 안는 것이다. 처음에는 쑥스러워하지만 자꾸 하다 보면 '얼싸안는' 그 따뜻함의 힘을 온몸으로 느끼게 된다. 한 번의 포옹이 사람의 운명을 바꿀 수 있다.

우리가 서로 갈라지고 미워하고 화내고 다툴수록 우리 사회의 미래도 어두어진다. 도처에서 부딪히며 갈등과 반목의 골이 깊어진 요즘, 그 어느 때보다 우리에게 필요한 것이 바로 '얼싸안는' 포옹이라는 생각이 든다.

그래서 이제는 옹달샘에만 머물지 않고 우리 사회에 따듯한 위로와 포옹의 기운을 나눠야겠다는 생각이 들었다. 2014년 3월 1일에는 광화문에서 첫 '힐링허그 사감포옹' 행사를 열었다.

경쾌한 음악과 춤이 흐르는 가운데 '사랑합니다! 감사합니다!' 인사를 나누며 다함께 포옹을 했다. 지나가던 사람들이 합류하고 달리던 차도 멈춰 서서 놀라운 광경을 바라보았다. 외국의 한 기자는 이 운동이 자기 나라에도 절대적으로 필요하다며 "우리나라에도 꼭 와달라"는 부탁의 말을 남기기도 했다.

그 외국 기자가 촬영해 유튜브에 올린 영상을 수많은 사람이 보고 영어로, 한글로 댓글을 달았다.

"I cried."

그 댓글에 내 마음도 함께 울컥했다.

아침편지 홈페이지에도 많은 댓글이 달렸다.

"우리나라를 사랑의 물결, 감동의 물결로 넘치게 해주셔서 감사합니다. 상처난 아픔들을 치유해 줄 것 같은 기대가 됩니다."

"가슴과 가슴이 닿으면 편안해지며 위안을 느낍니다. "

"우리 아이들을 더 많이 안아주고, 사랑한다고 감사하다고 더 많이 이야기해 주겠습니다."

갈라진 마음이 하나가 되고, 짓물렀던 상처가 아물어 깨끗하게 치유되는 것, 바로 포옹의 힘이다. 사랑의 힘이다. 단 6초면 충분하다. 단 6초가 둘을 하나 되게 한다.

"진정한 사랑만이 얼어붙은 세상을 녹일 수 있다."

애니메이션 〈겨울왕국〉의 마지막 대사이다.

사랑합니다!

감사합니다!

포옹과 함께 나누는 이 두 마디 인사가 세상을 녹이고 세상을 바꿀 수 있다고 나는 믿는다. '힐링허그 사감포옹'이 서울과 부산과 순천뿐만 아니라 평양에서도, 파리에서도, 뉴욕 거리에서도 신나게 펼쳐지는 날이 오기를 꿈꾼다.

나를 웃게 하는 사람

　　어떤 방송 조사에서 남자들에게 가장 좋아하는 여자 이상형을 물었다. 1위는 바로 '잘 웃는 여자'였다. 남자들은 자기를 보고 웃어주는 여자에게 매력을 느낀다는 조사 결과였다.

　내가 아내에게 끌린 것도 웃음 때문이었다. 젊을 때 내 얼굴은 좀 무겁고 어두웠다. 말수도 적은 데다 늘 심각하고 냉소적인 편이었다.

　특히 대학 시절엔 긴급조치 위반으로 제적이 되어 인생길이 막혀버렸으니 당시 내 얼굴은 더 어두웠을 것이다. 이때 만난 여자가 지금의 내 아내다. 그녀는 나를 만날 때마다 환하게 웃었는데 마치 캄캄한 방에 한줄기 빛이 비치는 것 같았다. 천사가 따로 없었다.

　'이 여자다! 내 인생을 저 사람과 함께해야겠다.'

　아내는 정말 잘 웃는다. 남이 들으면 슬픈 이야기도 웃으면서 말한다.

　웃음의 위력은 남자에게만 통하는 것이 아니다. 한 여성은 남편과 결혼한 이유가 자신을 웃게 만들었기 때문이라고 했다. 그녀는 감정 기복이 심한 편이었는데 잘 웃고 유쾌한 그를 만나다 보니 자주 웃게 되었다고 한다. 그리고 어느 순간, 자신을 웃게 만드는 이 남자와 살면 평생 행복할 것 같았다. 그래서 결혼을 결심했다고 한다. 누구든 환히 웃는 사람을 싫어할 사람은 없다.

웃음은 약도 되고 빛도 된다. 웃으면 밝아지고 찡그리면 어두워진다. 내 안과 밖을 환히 비춰주는 빛일 뿐 아니라 다른 사람에게도 밝음을 주는 빛이다. 시시때때로 생긋생긋 웃는 웃음에 만병이 물러간다.

웃음은 상대와 나 사이의 행복한 공명이다. 자연도 미소에 공명을 한다. 숲을 걸을 때 나무를 미소로 바라보라. 내가 미소를 띠고 나무를 바라보면 나무도 나에게 미소 짓는 듯한 느낌을 받게 될 것이다.

강아지를 키울 때, 내가 웃는 얼굴로 바라보면 강아지의 눈빛이 편안해지고 행동도 유순해진다. 살살 꼬리를 흔들며 다가와 애교를 부리기도 한다. 그러다가도 갑자기 웃음기를 거두고 눈을 부라리면 강아지는 꼬리를 내리고 안절부절못한다.

내가 먼저 미소 지으면 나무도 동물도 미소로 다가온다. 내가 누군가에게 미소를 보내면 상대방도 나에게 미소로 다가오게 되어 있다. 이것이 자연의 섭리이고 원리다.

미소는 그저 얼굴 표정이 아니라 마음에서 우러나온 것이어야 한다.

진심을 담아 미소 짓는 마음으로 상대를 볼 때 상대도 마음을 열고 나를 바라본다.

만약 웃는 데 서툴거나 잘 되지 않는다면, 젊은 날의 나처럼 잘 웃는 사람 옆에 머물면 된다. 그 사람의 미소가 나에게 스며들어 나 또한 자연스럽게 미소짓는 사람으로 바뀌게 될 것이다. 사람을 만날 때마다 저절로 미소를 나누는 사이가 될 것이다.

사람이 오게 하려면

'행복한 삶을 위한 공식이 있을까?'

1930년대 말 하버드대학교 연구팀은 이 질문에 답을 찾기 위해 아주 특별한 연구를 시작했다. 그리고 하버드대학의 야심만만하고 유능한 270여 명 학생들의 생애를 75년간 추적했다. 이 오랜 연구를 통해 그들은 행복한 '인생에서 가장 중요한 것은 인간관계'라는 결과를 밝혀냈다.

많은 사람들과 더불어 살아가야 하는 오늘날, 좋은 인간관계를 만들어가는 능력은 행복의 중요 요건이다. 그런데 문제는 좋은 인간관계가 말처럼 그렇게 쉽지 않다는 점이다. 주위에 사람이 많이 모이는 이가 있는가 하면, 짝 잃은 철새처럼 늘 외톨이로 지내는 이도 있다. 실제로 살아가며 하는 많은 고민들이 바로 인간관계에 대한 것이다.

사람이 나에게 오게 하려면 내가 먼저 다가가야 한다. 내가 다가간

만큼 상대와의 거리도 가까워진다. 상대가 먼저 다가옴으로써 거리가 좁혀지기를 기다리지 말고 내가 먼저 다가가는 것이 정답이다.

그 다음은 다가가는 방법이다. 다시 미소 이야기를 꺼내든다. 내가 진심을 담아 미소로 다가가면 상대방도 미소로 다가오고 심통난 얼굴로 다가가면 상대방도 심통난 얼굴로 도망가버린다. 미소 다음은 또다시 주파수다.

상대가 나를 바라보게 하려면 내가 먼저 좋은 주파수로 다가가보라. 그리고 처음부터 비판이나 충고를 앞세우는 것을 삼가하라.

그리스 철학자 에피쿠로스는 이런 말을 했다.

"이 세상에서 가장 쉬운 일은 남에게 충고하는 일이고, 가장 어려운 일은 자기 자신을 아는 일이다."

사람을 만나면서 상대방을 제대로 파악하기 전에 충고부터 하는 경우가 있다. 상대방을 이해하고 품으려 하기보다 단점부터 지적하는 경우도 있다.

흔히 애정이 있기 때문에 그러는 것이라고 말하지만, 사실은 잘못된 습관 때문에 입버릇처럼 하는 경우가 더 많다. 상대를 있는 그대로 보는 게 아니라 자기 틀 안에서 보고 평가하는 마음이 고개를 드는 것이다. 애정으로 했다는 충고가 가시처럼 박혀서 평생 악연이 될 수도 있다.

좋은 미소, 좋은 주파수는 대화 속에 흐른다. 그래서 말이 잘 통하게 되고 대화도 즐거워진다. 말이 잘 통하는 사람, 대화가 즐거운 사람은 모든 이들이 다가가고 싶어한다.

라이너 마리아 릴케는 "경쟁심이나 허영심이 없이 다만 고요하고, 조용한 감정의 교류만이 있는 대화가 가장 행복한 대화이다"라고 말했다.

그런 행복한 대화는 단지 말을 주고받는 게 아니다. 마음을 주고받는 것이다. 닫힌 마음이 아니라 열린 마음이어야 가능하다. 만약 상대가 나하고 통하지 않거나 대화가 되지 않는다면 먼저 내 마음이 잘 열려 있는지 살펴봐야 한다.

마음을 연다는 것은 자기의 생각의 울타리를 허문다는 뜻이다. 자기 생각에 사로잡히지 않을 때 마음을 열 수 있다. 가족끼리든 친한 친구 사이든 대화를 나누다 보면 자꾸만 상대가 내 말을 못 알아듣는 것 같아 감정이 상할 때가 있다.

이는 사실 상대방이 내 말을 안 듣는 게 아니라 내가 내 생각만을 고집해서 그런 경우가 많다. 자기 생각과 고집의 갑옷을 입고 있으면 소통은 어렵다. 소통과 대화란 결국 서로 맞추어가는 과정이다. 내 컵에 물이 많고 상대의 컵에 물이 적으면 내 컵의 물을 좀 따라주어 비슷하게 수위를 맞추는 노력이 필요하다. 이렇게 조율하는 소통 능력이 사람들을 나에게 다가오게 하는 지혜로운 방법이다.

누군가와 격조 있는 대화를 나누고 싶다면 나부터 격을 높여야 한다. 내가 쓰는 언어부터 격을 높여야 한다. 격조 있는 언어는 단순히 단어와 문장에서 오는 게 아니다. 살아온 삶에서 나온다. 격조 있는 언어로 소통을 하려면 자기 삶의 격을 그만큼 높여야 한다.

방학이 시작되면 저마다 개성이 다른 아이들의 목소리로 옹달샘 링컨학교가 들썩인다. 그중엔 험한 말을 쓰는 아이들도 있다. 나는 그 아이들에게 되도록 훈계를 하지 않는다.

나는 두 손녀를 본 할아버지다. 손녀의 이름만 들어도 기분이 좋아진다. 그 마음으로 아이들을 보면 모두가 그저 예쁘게 보인다. 할아버지의 눈으로 아이들을 바라보면 혼낼 일이 없다.

그래서인지 아이들은 시간이 갈수록 나에게 편하게 다가온다. 나를 볼 때마다 밝은 모습으로 덥석 손을 잡고 와락 안기곤 한다. 그때 내가 웃으면서 한마디 해준다.

"나는 고운 말을 쓰는 사람을 좋아한단다. 내가 너를 좋아하게 해주겠니?"

그러면 아이들이 웃으며 대답한다.

"네, 그럴게요!"

오늘도 나는 옹달샘에서 링컨학교 아이들에게 둘러싸여 있다. 아이들이 나에게 마구마구 다가온다. 그래서 늘 행복하고 감사하다.

만리 길 나서는 길
처자를 내맡기며
맘 놓고 갈 만한 사람
그 사람을 그대는 가졌는가

온 세상이 다 나를 버려
마음이 외로울 때에도
'저 맘이야' 하고 믿어지는
그 사람을 그대는 가졌는가

(······)

잊지 못할 이 세상을 놓고 떠나려 할 때
'저 하나 있으니' 하며
빙긋이 웃고 눈을 감을
그 사람을 그대는 가졌는가

온 세상의 찬성보다도
'아니' 하고 가만히 머리 흔들 그 한 얼굴 생각에
알뜰한 유혹을 물리치게 되는
그 사람을 그대는 가졌는가

—함석헌의 「그 사람을 가졌는가」 중에서

내가 일생을 두고 감히 가장 좋아하는 글인
함석헌의 시 「그 사람을 가졌는가」이다.
아니, 글이 아니라 혼이다.
힘들고 외롭고 아플 때마다 이 글을 꺼내 읽으면,
글은 영혼처럼 다가와 이렇게 속삭여준다.
"내가 너의 그런 사람⋯⋯"이라고.
그러면 나도 대답하듯 다시 한 번 조용히 다짐하게 된다.
"나도 누군가에게 그런 사람이 되겠노라"고.

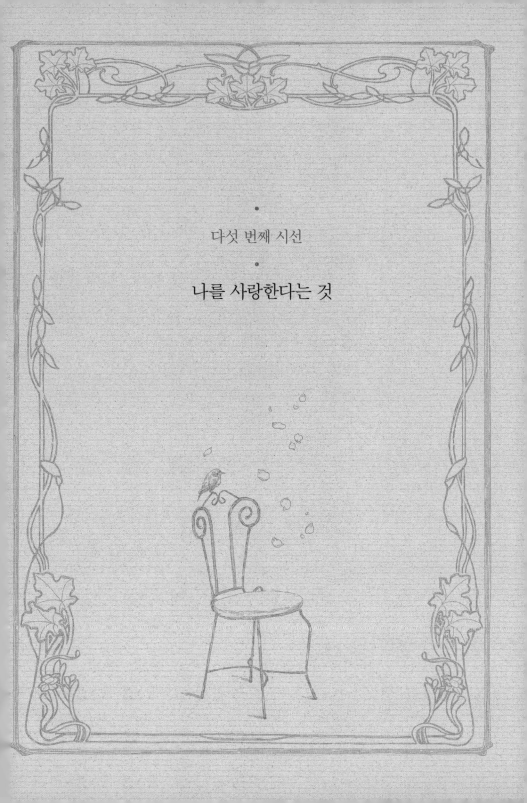

다섯 번째 시선

나를 사랑한다는 것

한 청년이 물었다.
"스스로 못났다고 여길 때가 많습니다.
이런 나를 사랑하려면 어떻게 해야 할까요?"

자신감을 가지려면

한 아이가 있었다. 그 아이의 실제 아이큐는 173인데 교사의 실수로 아이큐 73으로 잘못 알려진 아이였다. 아이는 늘 친구들의 놀림감이 되었다. 아이 스스로도 '난 바보야. 내가 뭘 할 수 있겠어'라고 생각했다. 어른이 되어서도 이런저런 직업을 전전하면서 그의 자신감은 바닥을 쳤다.

17년이 지나서 자신의 진짜 아이큐가 173인 것을 알게 되었다. 너무 늦었지만 그제야 그는 비로소 자신감을 회복하게 되었고 아이큐 150 이상의 천재들만 가입한다는 국제멘사협회의 회장 자리에 올랐다. 빅터 세리브리아코프 회장의 실제 이야기다.

스스로 못났다고 여기거나 자신감이 부족한 사람들을 보면 공통점이 있다. 자신의 실제 모습보다 사람들의 평가에 잘 흔들린다는 것이다. 다른 사람들의 부정적인 판단과 평가를 마음에 담아두는 경우가 많다. 그러면서 자기 자신을 못마땅한 시선으로 바라보고, '난 이거밖에 안 돼' '난 뭘 해도 안 될 거야'라고 스스로를 짓눌러버린다. 자기 마음에 '난 바보야'라는 낙인을 찍는 것이다.

빅터의 이야기에서처럼 마음에 낙인을 찍는 것은 매우 불행하고 위험한 일이다. 자기 인생에 너무도 큰 부정적 영향을 미치기 때문이다. 운명까지도 좌우할 수 있다. 내가 나를 부정적으로 평가하면 부정적인 운명이 뒤따라온다. 내가 나를 긍정적으로 평가하면 나의 운명도 긍정적으로 바뀐다.

어릴 때 나는 자신감이 많이 부족한 아이였다. 구멍 난 양말을 신고 도시락도 변변히 싸갈 수 없는 집안 형편, 게다가 너무 잦은 이사에 기가 꺾여 어깨를 펴지 못했다.

내 호주머니에 단 한 푼의 용돈조차 없는 것도 자신감을 잃게 하는 요인이었다. 항상 극도의 내성적인 아이로 늘 주눅들어 있었다. 그런데 돌이켜보면 지금도 부모님에게 감사하는 일이 하나 있다.

아버지는 가난한 시골 교회 목사여서 자식들에게 공책 한 권 사줄 여유도 없었다. 그래서 닭을 키우고 달걀을 팔아 학용품을 사주셨지만 용돈까지 줄 만한 형편은 아니었다.

용돈이 궁했던 나는 고민 끝에 달걀을 매일 한두 개씩 훔쳤다. 그걸 동네 가게에 가져가서 과자와 바꿔 먹은 것이다.

그런 내 행동을 부모님이 모르셨을 까닭이 없다. 어려운 살림에 큰 재산과도 같은 달걀이 매일 한두 개씩 없어지는데 부모님이 몰랐겠는가.

그런데도 부모님은 단 한 번도 나에게 "이놈아, 도둑놈아, 달걀 훔쳐가지 마!" 같은 말씀을 하지 않으셨다.

만약 부모님이 어느 날 나를 불러서 "너 이놈의 자식, 달걀 훔쳐갔지? 이 도둑놈 자식!"이라고 비난했다면 그때부터 내 마음속에 '나는 도둑이다'는 낙인이 찍혔을 것이다. 고맙게도 부모님은 그런 말을 입에 담지 않으시고, 나 스스로 그 행동을 멈출 때까지 묵묵히 기다려주셨다.

선생님의 말 한마디, 부모님의 말 한마디는 아이들에게 엄청난 영향을 미친다. 자신에게든 타인에게든 부정적인 언사로 부정적인 낙인을 찍는 일은 매우 조심해야 한다.

시인이자 수필가인 랄프 왈도 에머슨은 "온종일 어떤 생각을 하느냐에 따라 인생이 결정된다"고 했다. 긍정적인 암시를 하면 긍정적인 일들이 따라온다는 것이다. 가령 스스로에게 '나는 괜찮은 사람이다'라고 말해 주면 실제로도 나는 괜찮은 사람이 되어 사람 앞에 당당히 설 수 있다. 일상에서 오는 스트레스를 줄이고 긍정의 힘을 키울 수 있다.

자신감이 없어서 남의 눈치를 많이 본다는 청년을 옹달샘에서 만났다. 자신감이 없다 보니 마음이 조급해져서 실수를 더 잘한다며 수줍게 웃었다. 난 그 청년에게 곧바로 장점을 이야기해 주었다.

"웃는 모습이 참 좋아요."

"저는 치아가 좀 안 좋아서 평소에 잘 안 웃는 편이었어요. 그런데 웃는 모습이 좋다고 하시니 기분이 좋습니다."

웃는 모습에 대한 칭찬 하나만으로도 그 청년은 자신감을 되찾을 수 있었다. 나도 한때는 '못생긴 남자'라는 별명을 가진 사람이었지만 이를 드러내고 활짝 웃다 보니 사람들로부터 '백만 불짜리 미소'라는 칭찬을 듣곤 한다.

스스로 자신 없는 부분이 많을수록 웃으면서 즐겁게 이야기하라. 그러면 주변 사람들도 이를 좋게 받아들이기 시작한다. 숨기고 싶은 단점이 있다면 오히려 드러내놓고 말해 보라. 어차피 숨기려 할수록 단점은 더 드러나게 돼 있다.

그러니 웃으며 이야기하라. 스스로도 더 이상 심각한 단점으로 느껴지지 않을 뿐더러 다른 사람들에게 호감을 얻을 수도 있다.

만약 자신감이 부족하다면 매일 거울을 보면서 자기 암시를 하자.

'나는 괜찮은 사람이다.'

그런 다음 이를 드러내고 웃는 연습을 해보라. 표정의 근육이 조금씩 달라지기 시작한다. 그리고 어느 순간부터 '어? 내 얼굴도 괜찮네?' 하는 마음이 생긴다. 콤플렉스가 사라지면서 자신감이 생겨난다.

나를 괜찮은 사람으로 바라보는 것은 처음에는 잘 되지 않을 수 있다. 그럴 때는 향이 좋은 커피를 한 잔 하거나, 시원한 물이라도 한 모금 마시면서 기분 전환을 하자.

그리고 다시 스스로에게 미소 짓는 거다.

'너 괜찮아. 훌륭해. 그만하면 됐어!'

아프고 힘을 잃어 자꾸 주저앉으려는 스스로에게 긍정의 말을 건네고 어깨를 두드려주라. 몸에 따뜻한 기운이 돌 것이다. 마치 추운 겨울날 따뜻한 국물을 마시고 두툼한 외투를 걸치고 밖에 나가는 것처럼 세상을 만나는 일이, 매서운 추위가 그리 힘들지 않게 느껴질 것이다. '이 정도 바람, 참 상쾌하네' 하는 마음으로 발걸음이 가벼워질 것이다.

지금 있는 그대로

"자신을 다른 사람과 비교하면 자신이 하찮아 보이고 비참한 마음이 들 수도 있습니다. 더 위대하거나 더 못한 사람은 언제나 있게 마련입니다. 당신이 계획한 것뿐만 아니라 당신이 이루어낸 것들을 보며 즐거워하십시오. 아무리 보잘것없더라도 당신이 하는 일에 온 마음을 쏟으십시오. 그것이야말로 변할 수밖에 없는 시간의 운명 안에서 진실로 소유할 수 있는 것이기 때문입니다."

얼마 전 우리나라를 방문해서 큰 울림을 주었던 프란치스코 교황의 집무실에 걸려 있는 글이라고 한다.

이 글이 말하는 것처럼 다른 사람과 비교하는 것은 자신을 비참하게 만든다. 그러나 현실은 우리를 늘 비교하게 만든다. 언제 어디서나 비교하고 비교받으며 산다.

얼굴, 키, 몸집 같은 외모는 물론이고 재산, 학벌, 스펙이 다 비교의 대상이다. 이런 기준을 비교우위로 삼아 경쟁력이라 부르기도 한다.

가정에서조차 비교는 계속된다. 한번은 건장한 체격에 인물도 좋은데 얼굴에 그늘이 있는 청년과 이야기를 나누게 되었다. 그는 부모에게 '누구 집 애는 공부도 잘하고 뭣도 잘하고 뭣도 잘한다더라'며 끊임없이 비교당하는 소리를 들으며 성장했다고 한다.

그런 말을 들을 때면 스스로 잘하고 싶다가도 기운이 빠져 자꾸 엇나가다 보니, 어느 사이 '공부도 못하는 아이'가 되어 있었다고 한다.

"저도 부모님을 다른 부모들과 비교했어요. '저 친구는 부모님이 자상하시고 집안도 넉넉하고 구김살 없이 행복하게 사는데 우리 부모는 왜 이렇게 부족한 게 많을까?' 하고요."

이는 단지 그 청년만의 이야기가 아니다. 부모는 자식들을 다른 아이들과 비교하고, 자식들은 부모를 다른 부모들과 비교하며 집안 분위기를 우울하게 만든다. 그런 가정이 한두 곳이 아니다. 가정에서부터 '비교의 악마'를 쫓아내버려야 한다.

남보다 잘해야 한다는 강박에 시달리며 성장한 사람들이 비슷한 고통을 겪고 있는 걸 수없이 목격하게 된다.

한 명상 프로그램에서 '나에게 쓰는 편지'를 작성하는 시간이 있었다. 한 젊은 여성이 이런 편지를 썼다.

"넌 무슨 일이든지 잘하려고 너무 긴장해 있는 것 같아. 하기 전에는

'잘못하면 어쩌지?' 다 한 후에는 '남들은 더 잘할 수 있는데, 나는 왜 이것밖에 못할까? 조금이라도 더 잘할 수 있었는데' 맨날 그런 생각뿐이었지. 얼마나 힘들었어?"

스스로를 위로하며 자신감을 심어주는 나에게 쓰는 편지. '비교의 악마'에서 벗어나는 첫 단추가 될 수 있다. 지금 있는 그대로의 나를 이해

하고 응원하는 것이다. 그리고 남과 비교하는 게 아니라, '어제의 나'와 '오늘의 나'를 비교하는 것이다. 어제보다 더 발전한 오늘의 나를 힘껏 칭찬하는 것이다.

그러면 부족한 것은 부족한 대로 잘한 것은 잘한 대로 의미가 있게 된다. 어제보다 오늘 내 삶이 좀더 업그레이드 되었다면, 이것을 격려하고 칭찬하라. 그것이 나를 아끼고 사랑하는 방법이다.

어제보다 노력을 했는데 생각만큼 잘 안 되었다면, 어떻게 해야 더 잘 될지 그 방법을 스스로 찾아볼 수 있다. 또 어제보다 잘했다면, 발전하는 재미에 즐거움이 더해져서 고속도로를 달리듯이 가속이 붙는다. 나날이 발전하는 내 모습에 자신감이 커지는 것이다.

사람은 누구나 고귀한 존재다. 눈송이가 수없이 떨어져도 하나도 같은 것이 없다. 70억 인구가 살지만 같은 사람이 단 한 명도 없다. 내가 이 세상에 단 하나밖에 없는 존재라는 사실을 잊지 말아야 한다. 단 하나뿐인 존재는 비교의 대상이 될 수 없다.

자신을 긍정하고 자기만의 가치 기준을 세우라. 내 안에 닻을 내려라. 그리고 시선을 타인에게 두지 말고 자기 안에 두라. 혼이 담긴 시선으로 자기 내면을 바라보라. 그것이 진정으로 나를 사랑하는 것이며 지금 이 순간 순간을 행복하게 사는 길이다.

급발진 사고가 가르쳐준 것

"쾅!"

정신을 못 차릴 만큼 엄청난 충돌음과 함께 순식간에 내 몸이 어딘가로 내다꽂히는 듯했다. 눈 내리던 아침 혼자 운전하며 내리막길에서 브레이크를 밟는 순간, 차가 총알처럼 튕겨 나가 인근 콘크리트 담벼락에 부딪혔다. 말로만 듣던 급발진 사고였다.

'척추 디스크 파열'로 앉지도 서지도 눕지도 못하는 통증이 온몸에 엄습했다. 왼쪽 엉덩이와 다리에 엄청난 통증과 마비, 저림 현상이 일어났다. 뭐라고 표현할 수 없는 견디기 힘든 통증이었다. 마치 수백 마리의 쐐기가, 아니 수백 개의 뜨겁게 달궈진 바늘이 허리부터 엉덩이 골반뼈, 다리뼈에 달라붙어 찌르고 긁어내는 것 같았다.

병원에서는 "바로 수술하는 것이 좋겠다" "6개월간 절대 요양해라"라며 많은 양의 진통제와 소염제를 처방해 주었다. 그러나 그때 나는 수술

할 여건도 6개월간 요양하며 드러누워 있을 상황도 아니었다.

이미 인도 오쇼 명상센터에 춤 명상과 관련한 답사를 가기로 예정되어 있었다. 귀로에는 특별 강연을 위한 중국 방문이 있었고, 그 뒤로도 15일간의 동유럽 배낭여행, 10일간의 중국 상하이 링컨학교, 11일간의 몽골에서 말타기 일정이 줄지어 기다리고 있었다.

의사는 여행은 절대 안 된다고 단단히 못을 박았다. 하지만 사람이 살다 보면 '죽을 줄 알면서도' 가야 할 때가 있다. 그게 책임지는 자리에 있는 사람의 인생길이기도 하다.

주위의 만류를 뿌리치고 인도 방문 일정부터 시작했다. 인천공항에서 뭄바이까지 여덟 시간 반 걸리는 밤 비행기에 몸을 실었다. 좌석에 앉았는데 도저히 아파서 몸을 움직일 수가 없었다.

겨우겨우 자리에 앉아 눈을 감고 호흡 명상을 하기 시작했다. 통증이 너무 심해서 화장실도 가지 못하고 오로지 호흡에 집중했다.

다행스럽게도 서서히 몸과 마음이 편안해졌다. 시간이 얼마나 지났을까, 뭄바이에 도착했다는 이야기가 들렸다. 두어 시간이 지났나 했는데 벌써 여덟 시간 반이나 지난 것이었다.

공항에 마중 나온 분이 나를 보고는 깜짝 놀란 표정을 지었다.

"사고 소식을 듣고 얼마나 걱정했는지 모릅니다. 그런데 저만치에서 오시는 모습을 보는데, 얼굴에서 빛이 나는 거예요. 정말 아프신 분이 맞나 깜짝 놀랐습니다."

십여 년 동안 훈련해 왔던 호흡 명상이 통증의 기운을 평화의 에너지로 바꿔놓은 것이다. 통증은 한결 덜했지만, 파열된 디스크 때문에 여전히 지팡이에 의지해 걸을 수밖에 없었다.

오쇼 명상센터는 춤 명상이 주축을 이룬다. 춤 명상 프로그램에 참여했지만, 정작 춤을 출 수는 없었다. 혼자 바닥에 앉아 춤을 추고 있는 사람들의 모습을 바라보았다. 온 몸과 마음을 열고 흠뻑 빠져 있는 그 모습이 그렇게 행복해 보일 수가 없었다.

'아, 춤춘다는 게 보통 일이 아니구나. 살아 있는 사람만, 건강한 사람만 춤을 출 수 있는 거구나.'

이날 내가 본 춤은 단순한 춤이 아니었다. 온전히 살아 움직이는 사람만이 누릴 수 있는 삶의 축제였다. 생명의 장이었다. 몸이 아프다면, 통증이 나를 휘감고 있다면, 우울의 늪에 빠져 있다면 도저히 맛볼 수 없는 희열이었다.

그 순간 살아가는 동안 일상의 기쁨과 수많은 기회들 속에서 마음껏 '춤추기' 위해, 가장 바탕이 되어야 하는 것이 건강이라는 점을 온몸으로 깨달았다. 건강해야 꿈의 길을 걸어갈 수 있고, 건강해야 마음껏 사랑할 수 있다는 것을.

"돈을 잃으면 절반을 잃고, 명예를 잃으면 많은 것을 잃고, 건강을 잃으면 모든 것을 잃는다"는 말이 그날처럼 절실히 느껴진 적이 없었다. 진정으로 나를 위하고 사랑하는 첫 번째 길은 나의 몸과 마음을 잘 돌보는 것이다.

오랜 일정을 마치고 돌아온 뒤 나는 또 한 번 무모한 도전을 감행하기로 결심했다. 의료적인 방법에 의존하지 않고, 내 나름의 방식으로 통증을 극복하기로 마음먹은 것이다. 그래서 '등산 절대 금지'라는 의사의 말을 어기고 엉금엉금 기듯이 산을 오르기 시작했다. 땀 흘리고, 눈물 쏟으며 깊은산속옹달샘의 걷기명상 코스를 새벽마다 오르고 또 올랐다. 그렇게 하루 이틀 지내면서 점점 '이겨낼 수 있다!'는 희망과 확신이 생겼다.

수술도 없이 진통제 한 알도 먹지 않고, 엉금엉금 산을 기어오르듯 등산하면서 마침내 지팡이를 내려놓을 수 있었다. 그 6개월의 고통스럽고도 절절한 경험은 평생 잊을 수 없는 것이었지만, 나로 하여금 새로운 꿈을 꾸게 했다.

'명상, 운동, 음식, 마사지 등의 자기 치유법으로 통증을 치유하는 프로그램을 만들어야겠다. 이를 통해 몸의 통증뿐만 아니라 정신적 상처에서 오는 마음의 통증과 트라우마까지 치유하고 싶다.'

한창 통증이 심할 때 어떤 분은 내 얼굴에서 웃음이 사라질 것이라고 걱정해 주었지만 나는 웃음을 잃지 않았다. 오히려 통증이라는 선물에 감사하며 더 많이 웃었다. 그와 함께 몸과 마음의 통증, 트라우마를 치유하는 프로그램을 만들고 싶다는 꿈이 내 안에서 꿈틀댔다. 급발진 사고는 하늘이 주신 또 하나의 좋은 선물이라는 생각이 들었다.

인생에서 '급발진'과 같은 사고는 느닷없이 찾아온다. 비단 자동차 사고만이 아니다. 외환위기가 그랬듯 국가적·경제적 급발진 사고도 있고,

가까운 사람과의 믿음이 깨지는 급발진, 상실의 급발진, 절망의 급발진, 그리고 트라우마와 같은 가슴 아픈 급발진 사고가 있다.

나는 갑자기 찾아온 이 사고를 더 조심하고 살라는 뜻으로, 더 열심히 몸을 만들라는 뜻으로 받아들이고 있다. 그리고 그 과정에서 생긴 새로운 꿈과 목표를 감사하게 생각한다. 인생에서 급발진과 같은 사고를 피할 수 없다 하더라도, 그것을 어떻게 받아들일 것인가, 거기서 무엇을 찾을 것인가에 따라 길은 달라진다고 믿으면서 말이다.

상처가 그대를 속일지라도

앞에서도 언급했듯이 깊은산속옹달샘에서는 명상 프로그램을 마칠 때 '사랑합니다, 감사합니다'라고 인사하며 서로 포옹을 한다. 이날도 명상을 마치고 모두들 활짝 열린 표정으로 인사를 하고 포옹을 나눌 때였다. 갑자기 한 여성이 오열하기 시작했다. 그녀가 좀 진정이 된 다음에 그 사연을 들을 수 있었다.

"아버지가 석 달 전에 암으로 돌아가셨어요. 그런데 아버지와 한 번도 이렇게 안아본 적이 없었어요. 사랑합니다, 감사합니다 인사를 하고 안는 순간, 아버지 품안에 있는 것 같은 느낌이 들어서 저도 모르게 눈물이 터져 나왔어요."

매우 밝은 얼굴이었지만 언뜻언뜻 우수 같은 슬픔이 느껴졌는데, 가슴 깊은 곳에서 돌아가신 아버지에 대한 회한이 포옹을 하는 순간 터져나온 것이다.

살다 보면 예기치 못했던 여러 가지 사건 사고들을 겪게 된다. 아버지의 죽음과도 같은 일들은 딸과 아들의 가슴에 엄청난 상실감과 상처를 안겨주고, 그 상처가 쉽게 풀리지 않는 심각한 정신적 외상(外傷)으로 남기도 한다. 이것이 바로 트라우마다.

육체의 상처는 시간이 가면 제법 아문다. 그러나 정신적 상처는 시간이 흘러도 아물지 않고 깊은 흔적으로 남는다. 평생의 트라우마가 되기도 한다.

트라우마가 있는 사람은 그와 유사한 상황만 되면 순간적으로 폭발해 버린다. 남들이 보기에는 별일 아닌 상황에서도 감정을 조절하지 못하고 터뜨려버리는 것이다. 그리고 그 영향이 몸으로도 전달되어 극심한 육체적 통증을 느끼게 된다.

어느 날 건널목에 서 있다가 바로 눈앞에서 끔찍한 교통사고를 목격한 사람이 있었다. 그 뒤로 그는 운전을 할 수 없게 되었다. '나도 사고를 내면 어떻게 하지' 하는 두려움 때문에 운전대를 잡기만 하면 식은땀이 나고 몸이 굳어져버린 것이다.

다른 이의 사고에도 그런 심각한 후유증을 안게 되는데, 가족의 사고를 경험했거나 사고의 당사자가 다름 아닌 자기 자신이라면 그 트라우마는 상상조차 하기 힘들다.

실제로 명상 프로그램에 참여했던 어떤 분이 30년 전 자신이 운전

중에 잠깐 조는 바람에 사고가 발생해 가족을 잃고 어린 막내아들은 불치의 정신병을 앓게 된 이야기를 하며 오열했다. 오랜 시간이 흘렀지만 지금도 그 충격에서 벗어나지를 못하고 있다는 고백이었다. 막내아들을 볼 때마다 30년 전의 사고가 생각나고, 그 기억이 떠오를 때마다 심한 죄책감과 자책감 때문에 견딜 수가 없다는 것이다.

맨 정신으로는 잠들 수가 없어 술에 취하는 날이 늘어갔다. 정신과 상담도 받았지만 자신이 용서되지 않았고, 왜 이런 일이 나와 우리 가족에게 일어났는지 하늘을 원망하며 지냈다. 모든 것이 엉망이 되어버렸다고 했다.

지나간 상처에 빠져 있으면 안 좋은 일이 겹쳐서 오기가 쉽다. 부정적인 에너지가 부정적인 일을 불러들이는 것이다. 그렇게 되면 마음은 더 우울해져서 '왜 나한테만 이런 일이 자꾸 생기지' 하면서 세상을 비관하게 된다. 여기에 죄책감과 자괴감이 겹쳐서 더 깊은 우울증의 늪에 빠져들 수 있다.

그래서 트라우마가 무서운 것이다. 트라우마가 내면 깊숙이 박히지 않도록 부정적인 생각의 연결 고리를 과감하게 끊어버려야 한다.

독일의 심리학자 게오르크 피퍼는 세계적인 트라우마 전문가로, 큰 사고를 겪은 뒤 트라우마에 시달리는 피해자와 가족들의 심리 치료에 힘쓰고 있다. 그는 『쏟아진 옷장을 정리하며』라는 책에서 트라우마를 이렇게 비유했다.

"위기는 삶(즉 옷장의 내용물)이 산산조각 난 듯한 느낌을 준다. 그때 처음 드는 생각은 이렇다. '어서 주워 담아! 어떻게 해서든! 그리고 얼른 옷장 문을 닫아!' 그러나 내용물로 가득 차 뒤죽박죽된 옷장은 닫아도 닫아도 문이 다시 열린다. 내용물을 꺼내 하나하나 차곡차곡 정리하고, 나를 힘들게 하는 것이 무엇인지 똑바로 보아야 혼란을 극복할 수 있다. 쉬운 일은 아니다. 하지만 정리가 끝나고 나면 스스로에게 정말 잘했다고 말할 수 있을 것이다. 위기를 견디고 살아남았을 뿐 아니라, 위기 가운데 성장했기 때문이다."

여기에는 두 가지 뜻이 담겨 있다. 하나는 상처를 똑바로 바라볼 때 트라우마에서 벗어날 수 있다는 것이고, 둘째는 그 힘든 트라우마가 오히려 나의 성장으로 이어진다는 사실이다.

급발진 사고로 큰 부상을 입었던 경험을 다시 예로 들어보자. 방송에서만 듣던 사고가 내게 일어나리라고는 꿈에도 생각하지 못했다. 그 일을 겪으면서 '살다 보면 운명처럼 순응해야 하는 일들이 있다'는 걸 알게 되었다. 순응해야 치유의 길이 열리고, 그 치유의 경험이 다른 사람까지도 치유할 수 있는 엄청난 에너지를 나에게 안겨준다는 사실도 깨닫게 되었다.

그래서 급발진 사고로 인한 육체적 후유증은 아직도 남아 있지만, 정신적 후유증은 한 올도 남아 있지 않을 뿐 아니라 오히려 그 모든 경험이 고맙고 감사할 따름이다.

예정된 것이든 갑작스러운 것이든 어차피 꼭 겪어야 할 일들이 반드시 있다는 것을 생각하게 된다. 지난 15년 동안 '몽골에서 말타기'를 해

오면서 그런 생각을 더욱 굳히게 된 것 같다. 특별한 발견이라면 발견이다. 해마다 백오십 명 정도의 인원이 말타기를 하면 평균 두세 명이 반드시 말에서 떨어진다. 사전 교육을 더 철저히 하고 말을 다루는 실력이 좋다고 해도 예외가 없다. 그걸 보면서 아무리 조심해도 일어날 일을 피하기는 어렵다는 생각이 들었다.

상처를 똑바로 보는 것은 설령 일어날 일이라도 피하지 않는 것과도 통한다. 두세 명씩 말에서 떨어지는 위험을 각오하고 몽골에서 말타기에 도전하는 것처럼 말이다.

트라우마의 아픈 기억과 생각들도 피하지 않는 것이 중요하다. 상처를 밖으로 드러내는 것이다. 상처를 노출시키지 않고 억지로 참고 가슴에 품고 있으면 그것이 무의식 속으로 들어가서, 자기도 모르는 사이에 이상한 형태로 폭발하게 된다. 스스로 제어할 수 없는 괴물이 되는 것이다. 그래서 햇볕에 내어놓고 말려야 한다.

그러나 사람 때문에 생기는 마음의 상처는 세월이 갈수록 더욱 깊이 각인되어 자신을 괴롭힐 수 있다. 이를 치유하는 것은 결국 사랑이다. 더 좋은 사람을 만나 더 큰 사랑으로 씻어내고 씻어내어 흔적도 없이 트라우마를 걷어내야 한다. 철철철 넘치도록 사랑하고 사랑받으며 위로하고 격려하고 보듬어줄 때 트라우마는 사라진다.

이때 그런 상처가 있었기에 많은 이들에게 사랑받고 씻김을 받는다는 사실을 깨닫게 된다. 상처가 오히려 진정한 사랑과 교감의 창구가 되었음을 알게 된다. 내게 상처였던 것이 오히려 나를 건강하게 하고, 내면을 단단하게 만들어주고, 타인의 고통을 더 잘 이해하는 가슴으로 성장시켰다는 사실을 실감하게 된다.

한 어머니는 소아암에 걸린 아들을 잃고 난 뒤 암에 걸린 자녀를 둔 부모들을 돕는 모임에 참여하고 있다. 자식을 잃은 고통을 넘어 타인의 고통을 치유하는 사람이 된 것이다.

사람 사는 세상은 가파른 가시덤불과도 같다. 헤치고 가노라면 수도 없이 찔리고 피 흘리고 상처를 입는다. 아무리 조심해도 피하기가 어렵다.

이때 중요한 것은 그 상처를 오래 두지 않고 그때그때 빨리 소독하는 것이다. 작은 상처도 깊어지면 큰 상처가 되어 더 이상 손을 쓸 수 없게 된다. 작은 못이 대못처럼 커진 채로 가슴에 박혀 아무리 빼려 해도 잘 빠지지 않는다.

그래서 상처를 입었을 때 트라우마가 되지 않도록 신속히 소독을 잘 해주어야 한다. 그 '소독' 중 하나가 명상이다. 명상으로 마음을 다스리면 상처가 내면으로 스며드는 것을 막을 수 있다.

나를 사랑한다는 것
●
151

나를 치유하는 마스터키

옹달샘에서 걷기 명상을 할 때면 참여자들에게 이렇게 묻는다.

"여기 왜 오셨나요?"

저마다 마음속의 대답이 다를 것이다. 그러나 거의 틀림없이 아픔이 있어서일 것이다. 상처가 아물지 않아서일 것이다. 침묵의 몇 분이 흐른 뒤 모두들 가슴에 품은 아픔, 상처를 내려놓고 숲속으로 천천히 발걸음을 떼기 시작한다.

고요한 산등성이를 천천히 걷고 난 뒤 하늘이 탁 트인 곳에서 발걸음을 멈추고 조용히 자신의 내면으로 호흡을 집중한다. 그리고 나는 다시 묻는다.

"여기 왜 서 계십니까? 인생의 먼 길을 굽이굽이 돌고 돌아서 이 깊은 산, 이 숲속에 왜 서 계십니까? 내려놓으세요. 무거운 것, 마음에 걸린 것, 상처 다 내려놓으세요. 가슴에 박힌 못도 빼내십시오. 녹이십시오. 눈물로, 호흡으로. 내려놓은 그 빈자리에 다음의 네 가지 선물로 채우십시오."

그 네 가지 선물이란 바로 '용서, 화해, 사랑, 감사'다. 이는 나에게 오랫동안 주어진 화두이자, 깊은산속옹달샘에 흐르는 네 가지 치유의 열쇠이기도 하다.

첫 번째가 '용서'다. 다른 사람을 용서하려고 하지 말고 나를 먼저 용서해야 한다. 내 마음의 흉터를 보면서 오랜 시간 미움을 풀지 못하고 괴로워한 나 자신을 용서하는 것이다. 용서는 나를 살린다. 그리고 내 주변을 살린다.

'용서'의 힘에 관한 세계적인 권위자인 프레드 러스킨 박사는 자신의 책 『용서』에서 이렇게 강조한다.

"그 어느 누구에게도, 과거가 현재를 가두는 감옥이어선 안 된다. 과거를 바꿀 수는 없으므로 우리는 어떻게 해서든 과거의 아픈 기억을 해소할 길을 찾아보아야 한다. 용서는 과거를 받아들이면서도 미래를 향해 움직일 수 있도록, 감옥 문의 열쇠를 우리 손에 쥐어준다."

용서의 최고 수혜자는 상대방이 아니고 바로 나 자신이다. 용서를 통해 내 안의 화가 녹아내리고 상처와 모욕이 씻겨진다. 나의 멍울을 지워내고 그 다음 상대의 허물을 지워내며, 그 자리에 새로운 사랑과 희망의 싹이 다시 돋아난다. 비로소 우리는 자유로워질 수 있는 것이다.

두 번째는 '화해'다. 이 시간 이전에 나와 얽혔던 모든 사람과 화해하는 것이다. 처음에는 어려울 수 있지만, 일단 벽을 허물고 나면 '왜 이제야 매듭을 풀었을까' 싶을 만큼 마음이 가벼워지고 시원해진다.

그런데 화해하는 데 가장 어려운 대상이 있다. 바로 나 자신이다. 안젤름 그륀은 『머물지 말고 흘러라』에서 "인생에서 가장 어려운 과제는 자신과의 화해다. 우리는 자주 자신의 내면과 논쟁한다"고 했다. 그러나 부족하고 못나 보이는 나를 가장 따뜻하게 안아줄 사람 또한 바로 나 자신이다.

세 번째는 '사랑'이다. 사랑은 큰 힘을 갖고 있다. 사랑만이 사람을 살리고, 사랑만이 세상을 녹일 수 있다. 그런데 우리는 이 귀한 힘을 제대로 쓰지 못한 채 살아가고 있다. 얼마 전 어느 귀한 분의 빈소를 다녀왔다. 그때 이런 생각을 했다.

'이렇게 살아 있을 때, 숨쉴 수 있을 때, 걸을 수 있고 춤출 수 있을 때, 더 많이 사랑하자!'

사랑할 시간이 많이 남아 있지 않다. 그러니 사랑하는 데 이유를 달지 말자. 지금 이 순간 더 뜨겁게 사랑하며 살아야 한다.

삶의 모든 순간에 '사랑한다, 사랑한다' 되뇌이면, 그 에너지가 나의 하루하루를 아름답게 만든다. 가까운 사람의 얼굴에 기쁨이 깃들게 한다. 하와이언들의 지혜인 호오포노포노에 따르면 내 안에 사랑을 품고 그 사람을 생각하고 기원해 주는 것만으로도 그 기운이 전해진다고 한다. 아무리 멀리 떨어져 있는 사람이라도 말이다. 누군가를 생각하면서 응원해 주고 기도해 주면 그 힘이 그 사람에게 전달된다.

마지막 네 번째는 '감사'다. "범사에 감사하라"는 말도 있지만 감사가 단지 종교적인 덕목이 아니라, 우리 모두를 진정으로 살게 하는 힘임을 점점 더 깊이 깨닫는다. 세상 모든 것, 아주 작은 것, 아주 보잘것없는 것에도 감사하는 마음을 가지면 그 삶은 매일이 풍요롭고 행복해진다.

도저히 감사할 수 없는 조건에도 감사할 수 있을 때 그 삶의 상황, 변수들이 희망의 조건으로 바뀌기 시작한다.

'용서, 화해, 사랑, 감사'. 이 네 가지 열쇠를 가슴 깊은 곳에 품고 있다가 길이 막힐 때마다, 사람 사이가 얽히고 꼬일 때마다, 문이 닫힐 때마다 사용해 보라. 막혔던 길이 보일 것이다. 꼬였던 사람 사이가 기적처럼 풀릴 것이다. 한 개의 문이 닫히면 열 개 백 개의 문이 열릴 것이다.

때때로 일상에서 자기만의 호사를 누리는 것도 좋다.

나만의 작은 기쁨을 누리는 순간

절로 입가에 미소가 감돈다.

나에게 호사는 '세계 최고의 커피'를 마시는 것이다.

옹달샘의 비채 커피를 아침에 한 잔,

점심에 한 잔 마실 때면 마냥 행복해진다.

여유롭게 커피를 마시며 나에게 말한다.

'그래, 너는 좋은 커피 한 잔 마실 자격 있어. 너 호사할 자격 있어.'

이렇게 나를 위로하는 시간을 갖고

하루에 두 번 정도는 나에게 세계 최고의 커피를 대접한다.

이것은 그리 어렵지 않게 내가 나를 사랑하는 방법이다.

분주한 일상과 사람 사이의 부딪힘 속에서 다시 나를 채우는 길이다.

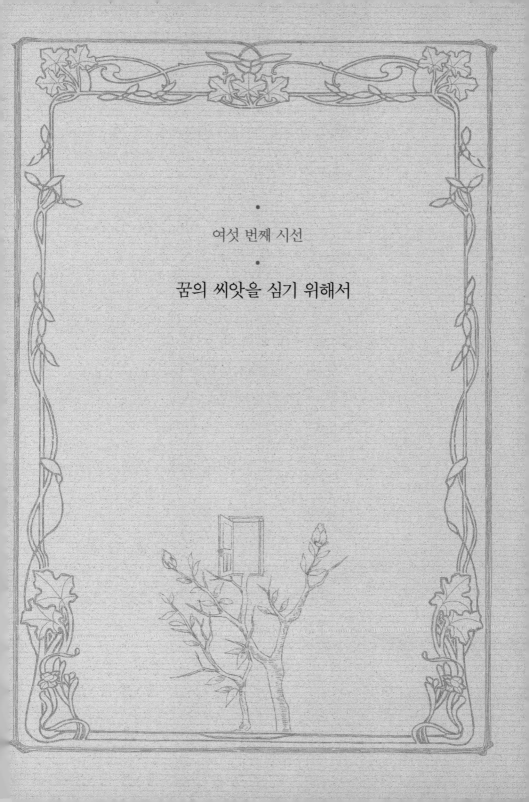

여섯 번째 시선

꿈의 씨앗을 심기 위해서

사십대 남성이 물었다.

"마흔은 인생의 기로에 선 시기인 것 같습니다.

두렵고 불안하기도 합니다.

마흔이라는 나이에도

새로운 인생을 개척할 수 있을까요?"

마흔이란 나이

오랜만에 모교인 연세대학교를 찾아 백양로를 걸었던 적이 있다. 내 나이 마흔 즈음이었다. 그때 백양로에 늘어선 은행나무들은 유난히 노랗게 물들어 있었다.

'내가 노란 은행잎을 본 게 언제였지?'

봄인지 여름인지도 모를 만큼 바쁘게 살다가 문득 가을이 온 걸 보면서 가슴이 뭉클해졌다.

'이제 내 인생도 '가을'이 되었구나. 푸릇하고 싱싱한 청춘의 빛깔이 아닌 중년의 노란 단풍색……'

마흔이란 그런 나이다. 인생을 열심히 살다 지난 시간을 되돌아보게 되는 나이. 내가 과연 새로운 꿈을 가질 수 있을까 생각하게 되는 나이다. '나이듦'에 더 민감해지는 때다.

마흔 즈음에 정체성의 혼란을 겪는 이들도 많다. 일, 가정, 사람 관계에서 많은 갈등을 맛보기도 한다. 새로운 꿈에 도전하기엔 큰 부담이 따르고, 그렇다고 안주하기에는 아직 가슴이 펄펄 뛰는 나이이기도 하다.

언젠가 또다른 사십대의 한 남성이 젊은 사람들의 패기와 도전이 부럽다며 아쉬움을 토로했다.

"제가 십 년만 젊었다면 뭐든 할 수 있을 텐데요."

내가 대답했다.

"지금보다 십 년 더 나이드셨더라도 뭐든 할 수 있습니다."

내가 아침편지를 시작한 것이 마흔아홉 살이었다. 이미 적지 않은 나이였지만 그때 새로운 꿈을 꾸고 새롭게 인생을 시작했다.

그런데 보통 나이를 의식하기 시작하면 과거에 대한 아쉬움에 빠져 더 이상 나아가지 못하는 경우가 많다. 어느 소설가의 글에 이런 대화가 있다.

십 년 선배가 후배에게 물었다.

"나이가 몇이냐?"

"스물이에요."

"야하, 기가 막힌 나이다. 내가 그 나이면 못할 게 없겠다."

그 선배는 십 년 후에 또 물었다.

"너 나이가 몇이냐?"

"저 서른이에요."

"야하, 좋은 나이다."

십 년 후 만났을 때 선배는 또 물었다.

"지금 나이가 몇이냐?"

"마흔인데요."

"야하, 정말 좋은 나이다."

쉰이 되어서 선배를 또 만났다.

"너 나이가 몇이냐?"

"쉰인데요."

"내가 쉰이면 뭐든지 다 하겠다."

무언가를 시작하기에 늦었다고 걱정하는 것은 부질없는 일이다. 시간의 굴레에 자신을 가두는 것과 같다. 시작도 하기 전에 망설이는 것도 아무런 도움이 되지 않는다. 시작하자마자 그것의 완성, 열매까지 따야겠다고 생각하는 것은 조급한 마음이다.

무언가 새로운 것을 해보고 싶다면 나이와 상관없이 바로 도전하라. 도전하되 씨를 뿌리는 마음으로 시작하는 것이 좋다. 꿈이란 씨앗을 뿌리는 일과 같고 씨는 언제라도 뿌릴 수 있다.

사십대는 물론 오십대, 육십대, 칠십대에도 씨를 뿌릴 수 있다. 열매를 거두는 것은 그 다음의 일이다.

좋은 꿈이라면 내가 아닌 다른 누군가가 이어갈 수도 있다. 씨를 뿌리고 정성껏 가꾸되 결과에 연연하지 않는 마음으로 시작한다면, 꿈에 늦은 나이란 없다. 만약 지금 새로운 꿈의 씨앗을 뿌리는 데 주저하고 있다면, 벌떡 마음을 일으켜 세워라. 내일 뿌리는 것보다는 오늘 뿌리는 것이 더 이르다는 사실을 명심하자.

나는 줄달음치며 일하느라 마흔앓이는커녕 내 나이조차 잊고 살았다. 그 대가로 '건강'을 잃었다. 그래도 뒤늦게나마 〈고도원의 아침편지〉와 깊은산속옹달샘을 시작하면서 몸과 마음을 추슬렀기에 지금의 건강한 모습으로 살아갈 수 있게 되었다.

마흔 즈음은 인생의 전반을 돌아보고 남은 인생을 단단히 만들어 갈 수 있는 절호의 시기이다. 이때를 어떻게 보내느냐에 따라 앞으로의 삶이 달라진다.

그래서 자신을 재정비하는 마음으로 새로운 계획표를 만들어야 한다. 체력이 약하면 체력을 키우고, 마음이 약하면 마음의 근육을 키워야 한다. 이제라도 명상 공부를 하면서 몸과 마음을 함께 돌보아야 한다. 사십대에 무너지는 것은 너무 이르다.

이때 필요한 것이 '나침반'과 '거울'이다. 지금 내가 서 있는 자리가 어디인지 돌아보고 내가 가려는 방향을 다시금 점검하는 것, 또 수시로 나 스스로를 살펴볼 수 있는 것이 꼭 필요하다.

나를 살펴보는 방법은 두 가지다. 하나는 남을 통해서 나를 보는 것이다. 나보다 앞서 경험한 사람들, 나와 함께 가는 친구들을 통해 나의 모습을 볼 수 있다.

다른 하나는 나를 통해서 '나'를 보는 것이다. 내가 나를 살펴보려면 내 안의 거울을 늘 깨끗이 닦아놓아야 한다. 내 안의 거울을 맑게 닦아내는 것이 바로 '명상'이다. 맑아진 그 거울을 통해서 내가 누구인지, 내가 좋아하는 것은 무엇인지, 제대로 가고 있는지, 놓친 것은 없는지 찬찬히 살펴보아야 한다. 그래야 후회가 없다.

사십대는 현실의 바닥을 단단히 다져야 할 때이다. 그 바닥이 단단하지 않으면 다시 점프하기가 어렵다. 그러니 사십대의 꿈은 가능한 한 현실적인 조건과 상황에 맞춰가는 것이 현명하다.

그래서 돌다리도 두드려보고 건너는 신중함이 필요하다. 새롭게 도전하고픈 일이 있다면 어느 한순간의 짧은 판단으로 즉흥적인 결단을 내리기보다 잠깐 멈추는 시간을 갖는 것이 좋다.

잠깐 멈춤의 시간은 단지 '시간'의 개념에만 국한되는 것이 아니다. 여행 등을 통해 공간을 바꾸어보는 노력도 필요하다. 휴식과 취미활동, 봉사활동과 같은 활동도 잠깐 멈춤에 해당한다. 그동안 관심이 갔던 일, 호기심이 생기는 일들을 해보면서 자신을 살펴보는 것이다.

마흔 즈음 나는 신문기자로 일하고 있었다. 사진 동호회를 만들어서 전시회도 열고 적극적으로 활동했다. 일의 중압감으로부터 벗어나 카메라 앵글을 통해 세상의 디테일을 볼 수 있었고, 그것이 나의 다음 행보에 매우 큰 도움이 됐다. 카메라의 앵글을 통해 혼이 담긴 시선으로 세상을 보는 것, 그것이 아침편지와 깊은산속옹달샘을 꿈꾸게 된 하나의 시작점이었다.

시야를 넓혀서 꿈너머꿈을 생각할 수도 있다. 마흔쯤 되면 어느 정도 일의 노하우도 생기고 재능을 발휘하면서 한창 물이 오를 때다. 돈 받는 것은 둘째 치고 돈을 주고라도 남을 돕는 일을 시작해 보자. 컴퓨터 고치는 것이 직업이라면 주말 동안 어려운 이웃들의 컴퓨터를 고쳐주며 재능 기부를 할 수도 있고, 내 돈을 의미 있는 곳에 낙엽처럼 태워보기도 하고, 같은 꿈너머꿈을 가진 사람들과 함께 새로운 꿈의 길을 만들어갈 수도 있다.

지금 내 두 손 안에 있는 자원을 살펴보라. 거기에 답이 있다. 이 자원을 어떻게 극대화하고 좀더 의미있게 쓸 것인가를 생각할 때, 마흔은 새롭게 도약하는 삶의 중요한 터닝 포인트가 될 수 있다.

문이 닫혔다고 느껴질 때……

"임용고시를 세 번 떨어졌는데 4수를 해야 할까요? 그냥 이쯤에서 단념해야 할까요?"

교사를 꿈꾸는 한 젊은이가 물었다. 시험을 계속 쳐야 할지, 여기서 그만두어야 할지 고민하고 있었다. 그에게 어떤 답을 해주면 좋을까. 포기하지 말고 계속 도전하라고 할까? 아니다. 내가 그에게 준 조언은 "다른 꿈을 찾으세요"였다.

꿈을 갖고 끈기있게 도전하는 것은 매우 중요하지만, 그 꿈을 내려놓아야 할 때도 있다. 인생이라는 장기 레이스를 놓고 보면 그것이 더 현명한 선택인 경우가 있다. 특히 '시험'이니 '고시'니 하는 관문을 통과해야 이룰 수 있는 꿈은 더욱 그렇다.

사십대를 훌쩍 넘겨서까지 '시험'에 계속 도전하는 이들이 있다. '끝까지 가보겠다'는 굳은 의지의 소산이다. 그러나 몇 차례 도전에도 불구하고 시험에 통과하지 못했다면, 그 꿈을 내려놓는 게 좋다. 인생은 길지 않다. 반복해서 떨어지면 그만큼 지쳐 공부에 집중하기도 힘들고, 다른 일을 새로 시작할 수 있는 때도 놓칠 수 있다.

나의 친구 중에 서울대 법대 출신이 있다. 중고등학교 때부터 계속 전교 1~2등을 하다가 서울대 법대에 들어갔다. 그 친구의 꿈은 당연히 판검사가 되는 것이었다.

그러나 그는 계속해서 사법고시에 실패했다. 서른을 훌쩍 넘겨서야 일반 직장에 취직했지만 늘 의기소침해하며 친구들 만나기를 꺼려했다. 하나의 목표에 청춘을 바쳤으나 이루지 못했다는 패배감도 있고, 나이 들어 직장생활을 시작한 데 따른 자괴감도 있었을 것이다.

그는 너무 오랫동안 사법고시에 매달린 것을 후회하곤 했지만 이미 지나간 세월을 되돌릴 수는 없었다.

어떤 시험을 목표로 하고 있다면, 집중해서 열심히 공부해야 한다. 그러나 아무리 열심히 해도 성적이 잘 안 나오고, 시험에도 거푸 실패했다면 다른 길을 택하는 것이 현명하다. 시간이란 무한으로 주어지는 것이 아니기 때문이다.

안 될 때는 '이 일은 내 길이 아닌가 보다' 생각하고, 그 시간에 차라리 다른 공부를 하거나 다양한 경험을 해보는 게 좋다. 그러다 보면 자신도 모르는 재능과 관심사를 새롭게 발견할 수도 있다.

하나의 문이 닫혔다고 절망할 필요는 없다. 인생에는 언제나 또다른 문이 기다리고 있다.

나 역시 목회자의 꿈을 품고 신학과에 들어갔지만 그 꿈을 이루지 못했다. 2학년 때까지만 해도 일등 장학생이었지만, 대학신문 기자 일에 푹 빠져 지내고 있을 때 유신헌법이 공포되며 인생의 방향이 조금씩 바뀌기 시작했다. 결국 내가 쓴 기명 칼럼이 문제가 돼서 긴급조치 9호 위반으로 제적을 당하고 말았다.

목사가 되려면 대학 졸업장이 필요하다. 그 졸업장이 있어야 '목사고시'를 치를 수 있다. 제적이 되고 말았으니 모든 길이 막혀버렸다. 더군다나 그 시대에 긴급조치 위반은 인생에 종지부를 찍는 것과도 같았다. 젊은이가 꿈꾸는 정상적인 사회생활을 포기해야 하는 일이었다.

대학에 들어갈 때만 해도 좋은 목사가 될 거라고 생각했다. 그런데 그 길이 닫히자 엄청난 절망감이 엄습했다. 하지만 곧 내 안에 숨어 있던 '글쟁이'의 꿈이 끓어올랐다. 막다른 길이라고 생각했던 그 자리에 또 다른 문이 기다리고 있었던 것이다.

내가 좋아하는 작가 중에 파커 J. 파머라는 미국의 교육자가 있다. 그의 삶의 이력은 참으로 다양하다. 그는 처음에 신학대학을 다니다 방향을 틀어 사회학도의 길을 걸었다. 그러고는 치열한 도시 현장과 대학에서 사회운동가로 일했다. 사회운동가로 명성을 얻게 되자 그 모든 것을 뒤로한 채 한 영성 공동체에 몸담게 된다

그러나 자신이 그토록 확신하고 바랐던 공동체에서조차 그는 또다시

번민에 시달린다. '여기가 과연 내가 원하던 곳이 맞을까? 내가 원하던 길일까?' 번민이 깊은 회의로 바뀌며 인생의 문이 다시 꽝하고 닫히는 것 같은 절망을 경험하게 되었다.

그때 공동체의 한 어른이 그에게 이렇게 말했다.

"나도 내 앞에서 길이 열린 적은 한 번도 없었다네. 돌아보면 내 뒤에서는 수많은 길이 닫히고 있었지. 그러나 그 닫힌 길들이 나를 새롭게 준비된 길로 이끌어주는 또 하나의 문이었다네."

지금 하나의 문이 닫혔다고 해서 절망할 필요는 없다. 하나의 문이 닫

히는 순간, 나의 한계가 무엇인지 혹은 이 길이 맞는지에 대해 귀한 단
서를 얻을 수 있다. 그때 우리는 새로운 가능성에 눈을 돌릴 수 있게 되
는 것이다.

어린 시절에 맡았던 책 냄새

영국 옥스퍼드 대학을 졸업한 리처드 부스는 진로를 결정하면서 무척 고민했다. 그의 전공은 회계학이었다. 대학 전공을 살린다면 당연히 회계사가 되어야 했다. 그럴 경우 매우 안정적인 생활을 보장받을 수 있었다. 그런데 넥타이를 매고 사무실에 앉아 하루 종일 계산만 하고 있을 걸 생각하니 가슴이 답답했다.

그는 어느 날 어렸을 때 헌책방에 드나들며 맡았던 책 냄새를 떠올렸다. 자신도 모르게 입가에 미소가 떠올랐다. 그때부터 그는 대학 전공을 버리고 그와는 전혀 상관없는 꿈을 꾸기 시작했다. 그야말로 뚱딴지 같은 꿈이었다.

어릴 때부터 그의 책 사랑은 유별났다. '세상의 모든 책을 다 모으고 싶을' 만큼 책을 사랑했다. 결국 그는 회계사로 안정되게 살 수 있는 삶을 버리고 웨일스의 시골 마을 헤이온와이로 떠났다. 그리고 낡은 성과 비어 있는 건물들을 사들여 마을 곳곳에 헌책방을 만들기 시작했다.

책을 사는 사람은커녕 읽는 사람조차 없던 시골 마을에 엄청난 규모의 헌책방을 여는 그를 보고, 많은 사람들이 정신 나간 짓이라며 비웃었다. 황당한 사람으로 비쳐졌던 것이다.

부스는 자신의 책방에 25만여 권의 헌책을 진열하고 다시 세계 각지를 돌아다니면서 헌책을 사들이기 시작했다. 점차 입소문이 나면서 런던과 옥스퍼드, 케임브리지 등 대도시와 대학에서 사람들이 몰려들기 시작했다. 작은 시골 마을이 책을 사랑하는 지식인, 교수, 학생, 고서 수집가들의 발길로 북적이기 시작한 것이다.

그들 중에 〈007 시리즈〉로 유명한 작가 이언 플레밍이 있었다. 그는 책의 초판본을 수집하는 취미가 있었는데, 다윈의 『종의 기원』 초판본을 헤이온와이 서가에서 구입했다. 이 사실이 알려지면서 그의 헌책방은 더욱더 유명해졌다. 부스가 만든 헌책방 마을은 십여 년 만에 세계적인 명소가 되었다.

부스의 꿈은 대학 전공에서 만들어지지 않았다. 오히려 어린 시절에 맡았던 책 냄새가 그의 꿈을 키워주었다. 그 책 냄새가 책 사랑으로 이어지고 오늘의 세계적인 헌책방 마을을 일궈낸 것이다.

우리는 남들의 기준으로 내 삶을 결정하는 실수를 범하곤 한다. 그러다 보니 스스로 어떻게 중심을 잡고 가야 할지 몰라 힘들어하다 끝내 아무것도 이루지 못하는 경우도 많다.

나만의 삶, 나다운 삶은 결국 내가 하고 싶은 일, 내 꿈을 향해 갈 때 만들어진다. 그것이 새로운 영역을 개척하는 길이기도 하고, 남과 다른 나만의 스토리를 만들어가는 길이기도 하다.

꿈이 있는 사람이란 자신의 이야기가 있는 사람이다. 그 이야기는 어린 시절의 작은 체험과 기억에서 시작되기도 한다. 그 기억들이 그가 살아 숨쉬는 동안 함께 살며 꿈으로 자라난다. 깊은산속옹달샘도 황당한 꿈에서 시작되었다. 그러나 이제는 대한민국의 대표적인 명상센터로 자라났고, 더불어 스토리로 자라났다.

그 스토리는 네버 엔딩 스토리이다. 새롭게 꿈꾸고, 시도하고, 이루고, 수정하며 내가 살아가는 동안 끝나지 않을 이야기, 후대에도 계속해서 전수될 살아 있는 이야기가 되는 것이다.

정신력이 먼저냐, 체력이 먼저냐

'정신력'이 먼저일까, '체력'이 먼저일까.

우리 한국인들이 체력적으로 매우 열세했던 시절이 있었다. 이때 운동선수들은 '정신력'으로 버텼다. 스포츠 경기에서 체력이 월등히 좋은 외국 선수들과 겨루기 위해서는 정신력이야말로 우리 선수들의 마지막 보루였다.

그러나 정신력과 체력은 따로 떨어진 별개의 것이 아니다. 하나로 묶여 있다. 정신력이 곧 체력이고 체력이 곧 정신력이다. 그러나 종종 우리는 체력의 중요성을 놓치곤 한다. 여기에도 새로운 자각과 훈련이 필요하다.

나도 한때는 정신력만 있으면 무엇이든 해낼 수 있으리라 믿고 살았다. 특별히 체력을 기우거나 몸을 단련하는 데 신경을 쓰지 않았다. 중고등학교 시절에 펜싱과 유도를 하긴 했지만 대학에 간 이후로는 운동이란 걸 잊고 살았다.

그러다가 청와대에서 몸이 무너진 경험을 하고 나서 비로소 구명줄을 붙잡듯, 살기 위해 마라톤을 시작했다. 처음엔 심장이 터질 것 같고 무릎이 시큰거려 도저히 달릴 수가 없었다. 내 심장과 무릎은 나의 체력이 어떤 상태인지를 한눈에 볼 수 있게 해주었다. 이러다가는 더 이상 아무것도 할 수 없을 것 같다는 절박감에 그야말로 목숨을 걸고 달렸다. 점차 심장박동이 편해지고 무릎이 단단해지는 것을 느꼈다. 체력과 근력이 좋아지기 시작한 것이다.

그제야 체력의 중요성을 깊이 깨달았다. 삶의 어느 순간 우리의 발목을 잡기도 하고 우리의 꿈을 살리기도 하는 것이 바로 '체력'이란 사실을 말이다.

내가 예순이 훌쩍 넘은 나이에도 빡빡하게 짜인 스케줄과 쉼없는 해외 일정까지 무리 없이 소화할 수 있는 것은 열심히 노력해서 얻은 체력 덕분이다. 아무리 의지가 강해도 몸이 안 따라주면 아무것도 할 수가 없다. 의지로 버티는 데도 한계가 있기 때문이다.

축구선수가 아무리 기술이 좋아도 근력이 약하면 상대에게 밀리듯이, 아무리 정신력으로 버틴다 해도 육체가 약하면 큰 힘을 낼 수 없다.

꿈의 길을 가는 일도 이와 비슷하다. 그 길을 걷다 보면 곳곳에 우리를 주저앉게 만드는 위기들이 존재한다. 짊어져야 할 것들도 한

두 가지가 아니다. 때로는 다른 이의 짐을 둘러메야 할 때도 있다. 나의 체력이 부족하면 다른 사람의 짐을 지는 건 고사하고 내 몸 하나 건사하기도 힘들어진다. 정상에 오르기도 전에 내가 먼저 무너져버린다.

정신노동을 하거나 예술이나 영적인 일을 하는 이들에겐 체력이 크게 중요하지 않은 것 같지만, 결코 그렇지 않다. 고도의 정신력을 요하는 일일수록 체력이 든든하게 뒷받침되어야 한다. 그래야 감각이 살아나고 끝까지 마무리를 잘 해낼 수 있다. 집중력의 바탕 역시 체력이다.

나 역시 건강과 체력을 회복하면서 많은 것들이 변화했다. 나는 요즘도 아침에 눈을 뜨면 팔굽혀펴기와 스쿼드 운동으로 몸을 다진다. 처음에는 30번도 하기 힘들었던 스쿼드 운동을 이제는 300번씩 3세트를 할 수 있게 되었다.

이렇게 운동을 하고 나면, 온몸은 땀으로 범벅이 되지만 머릿속은 더 맑아지고 명료해지는 것을 경험한다. 닫혔던 세포가 열리고 새로운 생각과 영감이 머리에 번쩍번쩍 떠오르곤 한다. 체력이 좋아지니까 생각하는 일이 조금도 귀찮지 않다.

체력을 키우는 운동을 할 땐 초반에 너무 무리를 하지 말고 조금씩 늘려가는 게 좋다. 처음부터 무거운 역기나 아령을 들면 근육이 놀라기 쉽다. 그래서 자기 몸이 감당할 수 있는 적은 무게부터 시작해서 차츰 늘려가야 한다.

가장 쉽게 할 수 있는 것이 걷기와 등산이다. 그다음 시작할 수 있는 것이 마라톤이다. 밖으로 나가 운동할 시간이 없다면 실내에서 팔굽혀

펴기와 스쿼드 운동으로 근력을 키워보라.

　꿈을 이루는 과정은 계속해서 에너지를 요구한다. 로켓처럼 계속해서 솟구쳐 오르는 것이다. 계속 치고 올라가야 하는데 힘이 없으면 더 높은 곳으로 솟구칠 수 없다. 더 높이 솟아오를 수 있도록 '파워'가 되어주는 든든한 체력이 필요하다.

　그 체력은 하루아침에 만들어지지 않는다. 매일매일 반복하며 다져야 제대로 만들어진다. 체력도 자라난다. 꿈이 자라나듯이.

프랑크푸르트 도서전을 보고……

지난 가을 독일 프랑크푸르트 도서전에 다녀왔다. 해마다 100여 개국에서 7,000여 개의 출판사가 모이고 방문객 수만 30만 명이 넘는 세계 최대 규모의 책 박람회. 내 일생에 꼭 한 번 가보고 싶었던 곳이다.

전시장에 들어서는 순간 가슴이 뛰기 시작했다. 무엇보다 먼저 그 규모에 압도되었다. 책, 책, 책…… 세계 각국에서 날아온 아름다운 책들이 끝없이 펼쳐져 있었다. 책과 함께 살아온 나로서는 그보다 행복한 시간이 또 있을까 싶을 정도로 즐거웠다.

도서전을 찾아온 사람들을 바라보다가 요즘 우리의 독서 풍경을 생각해 보았다. 갈수록 책 읽는 사람을 찾아보기 힘들다. 지하철을 타도 저마다 스마트폰을 쥐고 화면만 뚫어지라 바라본다. 우리 국민의 독서량은 OECD 회원국 가운데 최하위다. 2013년 문화체육관광부의 조사

꿈의 씨앗을 심기 위해서
●

에 따르면, 우리나라 인구의 71.4퍼센트가 1년에 한 권의 책도 읽지 않는다고 한다. 참으로 마음이 아리다.

아이러니하게도 오늘날 스마트폰으로 세상의 흐름을 바꾸어놓은 스티브 잡스는 자신의 자녀들에게 저녁 시간 이후 스마트 기기를 쓰지 못하게 했다고 한다. 대신 인문학과 교양에 관한 책들을 읽히고 토론했다고 한다.

책 읽기를 밥 먹듯 물 마시듯 했으면 좋겠다. 특별한 날 큰맘 먹고 책을 읽는 게 아니라 자연스러운 생활이 되었으면 좋겠다. 책만 한 스승이 없고 책만 한 친구가 없다. 책을 가까이 두는 사람은, 가장 가까운 곳에 좋은 스승, 좋은 멘토를 갖고 있는 것과 같다.

한 권의 책에는 저자의 인생이 그대로 들어 있다. 책에는 저자가 삶에서 체득한 경험과 생각이 응축되어 있고, 다양한 지혜가 담겨 있게 마련이다. 모든 책이 양서는 아니지만 저마다 장점이 있다. 그것을 발견하는 것 또한 독서의 내공이라고 생각한다.

나는 이따금 서점에 들러 한 번에 30~50권의 '책 사냥'을 한다. 책 제목을 보고 저자 이름을 보고 출판사를 본다. 그리고 서문과 목차를 보면서 책을 고른다. 집에 가져와 보면 확률적으로 50권 가운데 다섯 권은 버리게 된다. 하지만 그 다섯 권도 나름의 의미가 있다. 버려지는 데도 이유가 있고, 그것이 또다른 일깨움을 준다. 살아남은 45권은 아침편지의 소재로 사용하고 내 서재에 꽂는다.

'책 선택의 실패'는 얼마든지 괜찮다. 다른 투자에 비하면 엄청나게 저렴한 투자이기 때문이다. 책을 고르는 특별한 방법은 없다. 책을 많이 읽을수록 책을 고르는 눈도 보는 눈도 점점 밝아진다.

일단 책과는 가까워지는 것이 중요하다. 책들을 눈에 띄는 곳 여기저기에 두고, 가볍게 책장을 넘기는 것부터 시작할 수 있다. 그러다 마음에 드는 구절을 발견하는 재미를 들이면 책이 친근해진다. 그러면 절반은 성공한 셈이다. 책이 말을 걸어오는 새로운 세계를 만나는 신선함과 책이 주는 지혜를 배워가는 즐거움을 만끽하게 된다.

내게 책을 읽는 것은 잠깐 멈춤의 순간이자 최고의 치유 시간이다. 책을 읽는 동안은 다른 세계로 빠져들 수 있다. 책에 몰입하는 동안 불편한 감정들은 사라지고 책에서 받은 감동이 마음을 깨끗이 정화시킨다.

책을 읽는 동안에도 '몰입'이 중요하다. 몰입해서 책을 읽을 때면 저절로 상처도 아물고 나 자신을 깊이 돌아볼 수 있게 된다. 굳이 멀리 떠나지 않아도 새로운 세상을 만날 수도 있다. 책 읽는 시간이 나에겐 가장 행복한 힐링타임이다.

그래서 책은 나에게 그냥 책이 아니다. 나의 스승이고 친구이자 아버지이고, 위로이며 안식처, 내 모든 것이다.

꿈의 씨앗을 심기 위해서
●

치유하는 글쓰기

글쓰기와 관련해서 늘 고맙게 생각하는 분이 한 분 계시다. 바로 고(故) 한창기 사장이시다. 그분은 대한민국 최초의 순 한글 잡지 《뿌리깊은나무》를 펴내신 분으로 좋은 글, 좋은 문장을 쓰는 데 평생 심혈을 기울였다.

잡지가 나올 때마다 그분은 잘못 쓴 글을 바로잡아주곤 했다.

"고도원 기자, 이거 읽어봐."

그분의 손에는 갓 나온 잡지가 들려 있었다.

"이건 일본식 말이야. 다른 좋은 우리 말로 수정할 수 없나?"

그러고는 또다른 글을 가리켰다.

"이것보다 더 아름다운 말 없어?"

그분은 잡지가 나오면 이렇게 편집기자, 취재기자들과 더불어 일주일 동안 우리말 공부를 이끌었다. 이때의 경험이 지금의 나의 글쓰기에 큰 밑거름이 되었다.

글은 매우 강력한 소통의 통로다. 우리에겐 말로 설명할 수 있는 능력이 필요하듯이 글로 자기 의견을 표현하는 능력도 반드시 필요하다.

그런데 글쓰기를 어려워하는 사람들이 의외로 많다. 좋은 글쓰기에 노하우란 없다. 많이 쓰고, 많이 읽고, 많이 생각하는 것밖에 다른 길이 없다. 꾸준히 갈고 닦는 수밖에 없다.

글은 우선 많이 써봐야 실력이 는다. 일기든 편지든 많이 쓰다 보면 손가락 끝에 글이 달라붙는다. 핵심을 놓치지 않고 전달하는 능력이 쌓여간다. 다른 사람의 글을 베껴 써보는 필사도 좋다. 책을 읽고 난 후 멋진 글귀들을 남기는 독서카드를 직접 써보는 것도 좋은 글쓰기 연습이 된다.

소설가를 꿈꾸는 사람이라면 대작가의 작품을 최소 열 번은 베껴 쓰고 나야 자기 소설 한 권을 쓸 수 있는 기량이 생긴다. 신경숙 같은 유명 작가들도 습작 시절을 이야기할 때면 '필사'를 빼놓지 않는 것이 바로 이런 이유에서다.

요즘 나에게 글쓰기는 치유의 시간이다. 글쓰기에는 그 자체만으로 엄청난 치유의 힘이 있다. 그것을 요즘 절절히 경험한다. 아침편 시를 쓰다 보면 마음이 고요해지고 평화로워진다. 감정이 걸러지면서 아픈 마음도 눈처럼 녹아내린다.

　유명한 극작가이자 영화감독인 줄리아 카메론은 세계적인 영화감독 마틴 스코세지의 아내로도 유명세를 탔다. 남편과 함께 〈택시 드라이버〉 같은 명작을 공동으로 집필하기도 했다. 하지만 점차 남편의 명성에 가려져 작가로서의 존재감을 잃고 심각한 정체성의 혼란까지 겪었다. 게다가 남편의 외도로 깊은 갈등 끝에 이혼에 이르자 알코올 중독과 우울증에 시달렸다.

　그녀가 다시 일어설 수 있었던 힘이 바로 글쓰기였다. 매일 아침 눈을 뜨자마자 생각나는 대로 써내려간 '모닝 페이지'가 그녀를 살렸다. 분노는 물론 자신 안의 정리되지 않은 감정과 생각들을 모두 글로 풀어낸 것이다. 이 과정을 거치며 서서히 억눌렸던 내면의 소리가 되살아나고 독소가 녹아내렸다. 그리고 창조성이 깨어났다. 그녀는 다시금 일어나 훌륭한 작가로 우뚝 설 수 있었다.

'사경(寫經)'도 좋은 치유제이다. 사경은 성경이나 불경 같은 종교 경전을 손으로 옮겨 적는 것이다. 경전을 정성 들여 또박또박 베껴 쓰다 보면 내면이 열리면서 마음이 평화로워진다.

한 땀 한 땀 수를 놓듯이 글자를 쓰다 보면 거기에 마음이 담기고 혼이 담긴다. 글자 속에 전해지는 지혜와 힘을 온몸으로 체화하는 그 순간 기도의 시간, 명상의 시간이 되는 것이다.

인생의 점이 모여 선이 되고
다시 그 선이 모여 이야기가 된다.
감동적인 이야기일수록 직선이 아니라 곡선이며,
그 굴곡엔 수많은 고점과 저점이 있다.
삶이란 늘 고점만 있지도, 늘 저점만 있지도 않다.
저점에 있다가도 고점으로 차고 오르고,
반대로 고점에 있다가도 다시 내리막길을 걸을 수도 있다.

그렇듯 삶의 궤적은 등고선과 같다.
꿈을 이루고 자기 길을 가는 사람일수록
등고선의 굴곡이 심하다.
고통과 실패 속에서도 재기의 실마리를 잡고
삶을 고점으로 끌어올리는 것은 결국 자기 자신밖에 없다.
아무리 저점에 있다 해도
삶의 목표가 있다면 다시 차고 오를 수 있다.
그때 나의 스토리가 시작된다.

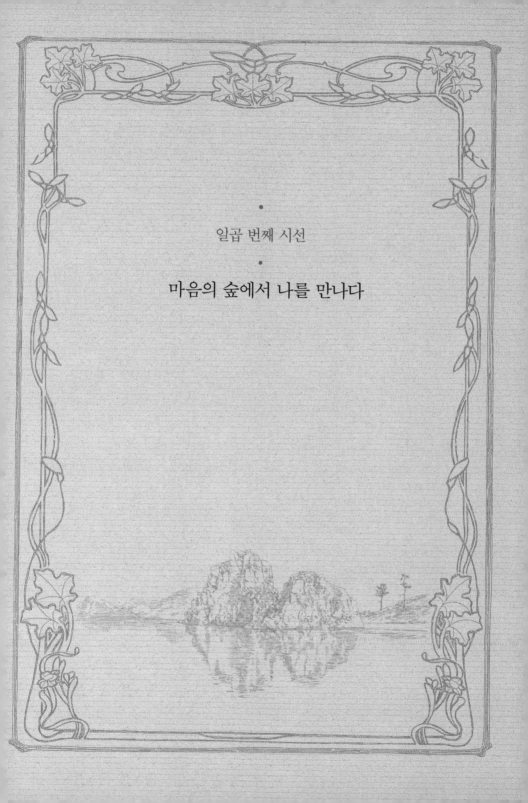

일곱 번째 시선

마음의 숲에서 나를 만나다

한 여성이 물었다.
"명상이란 무엇인가요?"

명상이란 대체 무엇입니까?

명상이란 무엇인가?

옹달샘의 명상은 '마음으로 마음을 치유하는 것'이다. 약이나 술, 수술칼이 아니라 마음으로 마음을 치유하는 것, 그것이 내가 말하는 명상이다.

그러기 위해서는 가장 먼저 잠깐 멈춤의 시간이 필요하다. 고장이 나서 강제 멈춤이 오기 전에 브레이크를 밟고 갓길에 잠깐 서는 것이다.

몇 년 동안 만나지 못했던 지인이 어느 날 옹달샘에 찾아왔다. 낯빛에 슬픔이 가득 배어 있었다. 얼마나 힘들었으면 몇 년 사이 얼굴까지 바뀌었을까 싶어 몹시 안타까웠다.

그는 누구보다도 열심히 산 사람이었다. 질주하는 자동차처럼 쉼 없이 달리다 몸과 마음도 크게 지쳐 있었다. 그를 더욱 지치게 한 것은 사람으로부터 받은 상처였다. 그 상처가 그의 의식과 무의식까지 파고들어 생각과 얼굴과 표정마저 바꾸어놓은 듯했다.

누구든 지치면 몸과 마음이 약해진다. 이때 상처가 더해지면 더 쉽게 지치고 더 빨리 늙어버린다. 여기에 슬프고 우울한 마음까지 겹쳐지면 더욱 고약해진다. 상처와 후유증을 빨리 벗어나고픈 마음에 술이나 약으로 달래려 하는 경우도 있다. 하지만 오히려 더 망가질 뿐이다. 이쯤 되면 자신의 문제를 넘어 직장과 가정의 문제로까지 번지게 된다. 사랑하는 가족과 자녀를 위해서라도 내가 먼저 편안하고 행복해져야 한다. 그러려면 내가 내 마음을 다스릴 수 있는 능력과 기술이 필요하다. 그 첫 시작이 잠깐 멈추는 것이다.

깊은산속옹달샘은 '쉼표'를 찍는 곳이다. 몸과 마음이 지친 이들이 잠깐 멈추어 휴식을 취하는 쉼터와도 같은 공간이다. 현재의 일상에 좀더 활력을 불어넣고 행복한 삶을 위한 에너지를 공급하는 충전소이기도 하다.

쉼표를 찍는 것이 바로 명상이다. 쉼이 곧 명상이다. 명상은 언제 어디서나 가능하다. 일을 마치고 집으로 걸어가는 길에도 명상을 할 수 있다. 한 걸음 한 걸음에 집중하며 걷다 보면 내가 걷고 있는 지금 이 순간이 잠깐 멈춤의 시간이 된다. 시간이 어떻게 흘렀는지 얼마를 걸었는지 모를 만큼 걷기에 몰입하는 순간이 기막힌 명상의 시간이다.

정좌하고 고요히 호흡에 집중하는 것이 좁은 의미에서의 명상이라면, 잠깐 멈추어 지금 이 순간에 몰입하는 모든 행동이 넓은 의미의 명상이다. 사랑하는 것도, 글을 쓰는 것도, 책을 읽는 것도 명상이 될 수 있다. 잠깐 멈추어 '몰입'만 할 수 있다면 말이다.

사랑하는 사람과 함께하는 동안 시간이 멎고 오로지 그에게 집중했다면 최고의 명상을 한 것이다. 그와 함께하면서도 다른 일, 다른 사람을 떠올린다면 그것은 명상이 아니다. 그래서 명상은 우리 삶 전체로 확대할 수 있다.

명상 수행법을 서양에 전파한 사람으로 손꼽히는 잭 콘필드 박사는 자신의 책『처음 만나는 명상 레슨』에서 이렇게 말했다.

"명상가 또는 영적인 스승이 되려고 명상하는 것은 아닙니다. 명상은 인간으로서 우리 모두가 지니고 있는 힘을 발휘하여 깨어 있도록 합니다. 명상 방석에 앉아 배우는 것은 보다 더 현재에 머물고, 더 자비롭고, 더 깨어 있는 기술입니다. 이러한 자각 능력은 나아가서 회사 업무를 처리하거나, 테니스를 칠 때나, 연인과 사랑을 하거나, 해변을 산책하거나 혹은 당신 주위의 사람들에게 귀 기울이는 것이나 어디에나 도움이 됩니다. 깨어 있는 것, 진정 현재 순간에 존재하는 것이야말로 삶의 모든 기술 중에 가장 중요한 핵심적인 기술입니다."

그렇다면 명상을 통해 얻는 것은 무엇일까. 가장 먼저 내 감정과 정서의 변화이다. 치솟았던 화, 부글부글 끓어올랐던 마음, 온통 뒤죽박죽이던 기분이 고요한 호수처럼 한순간에 가라앉는 것이다. 그것이 명상이 안겨주는 중요한 효과 중 하나다.

누군가에게 화가 나려 할 때 길게 숨을 내쉬고 들이쉬며 나의 호흡에 집중하면 평정심을 되찾을 수 있다. 화를 가라앉힌 얼굴로 내 생각을 전달할 수 있다.

'내 마음을 내 마음으로' 치유함으로써 단단한 마음의 근육이 생기면, 다른 사람을 살펴주고 치유하는 '힐러'가 될 수 있다. 자신의 고통을 치유하는 것을 넘어 남을 치유할 수 있는 지경에 이르는 것이다.

구글 엔지니어이자 명상가인 차드 멍 탄은 생활 속에서 명상을 실천하면 그 효능이 얼마나 큰지를 말해 준다.

"여러분이 마음에 두고 있거나 함께 일하는 누군가와 갈등에 휘말릴 때마다 명상을 연습해 보라. 아마 여러분의 관계에 기적이 일어날 것이다. 내 결혼생활이 엉망이 되지 않은 것도 상당 부분 이 연습 때문이라는 것이 내 생각이다."

5분. 잠깐 멈춤의 시간이다. 짧은 것 같지만 5분이면 충분하다. 여기에 길고 깊고 고요한 호흡을 하면서 그 호흡을 바라보면 훌륭한 마음챙김의 명상이 된다. 마음의 전환이 필요할 때마다 단 5분, 잠깐 멈추면 내 감정도 멈춘다. 온 우주도 함께 멈춘다.

사람을 살리는 '333녹색호흡'

〈파니핑크〉로 잘 알려진 독일의 영화감독 도리스 되리는 남편이 죽은 뒤 실의에 빠져 지내다 명상을 만난 뒤 인생이 달라졌다고 한다. 그녀는 명상의 핵심이라 할 '호흡'에 대해 이렇게 말한다.

"호흡은 자기 자신을 잃어버리는 일 없이 거듭 숨을 고를 휴식을 가지며 현재라는 순간으로 돌아오는 것이다. 과거와 미래 사이를 오가며 아직 해내지 못한 것과 해야 할 것 사이에서 괴로워하는 것을 피해야 하기 때문이다. 잠깐 숨을 고르고 의식을 집중해 호흡을 하는 것은 다시금 자신에게 집중할 수 있는 아주 탁월한 방법이다."

도리스 되리의 말처럼 의식을 한곳으로 모아 호흡에 집중하면 마음속 소음이 사라지면서 내 안에 고요와 평화가 찾아온다.

태국의 '달라이 라마'로 불리는 바지라메디도 자신의 저서 『아프지 않은 마음이 어디 있으랴』에서 호흡의 힘에 대해 강조한다.

"호흡은 근심도 기쁨으로 바꿀 수 있다. 마음을 비우고 호흡하면 매일 평화와 행복을 찾을 수 있다. 의식적인 호흡은 위험에 처해 있을 때, 강하게 마음을 챙길 수 있는 힘을 줄 뿐 아니라 진정 평화로운 상태로 만들어주기도 한다. 마음의 휴식인 한 시간의 깊은 명상은 육체의 휴식인 수면 열 시간의 가치가 있다."

호흡은 살아 있으면 누구나 하는 것이다. 그렇기 때문에 자칫 당연하거나 사소하게 생각할 수 있다. 그런데 이 호흡 속에 엄청난 힘이 들어 있다. 호흡은 몸과 마음의 회복탄력성을 높여주는 중요한 도구로, 요즘 부쩍 늘고 있는 공황장애나 트라우마 치료에서도 큰 효과가 있다.

가슴으로만 숨을 들이마시는 얕은 호흡이 아니라 단전으로 깊은 심호흡을 하다 보면 삶 전체가 마침내 명상이 될 수 있다. 호흡으로 생각을 내려놓고 몰입하는 습관이 붙으면 매사에 혼을 담아낼 수 있고, 잡생각이 줄어 그만큼 생활이 건강해지게 된다.

호흡의 핵심은 비움이다. 배 안에 있는 모든 숨을 완전히 밖으로 비워내야만 신선한 공기를 다시 들이마실 수 있다. 호흡을 오랫동안 공부한 사람들은 숨쉬는 방법이 일반인들과는 조금 다르다. 배를 움직여 숨을 가득 들이마신 다음 들어온 숨을 남김없이 다 내뱉는다. 그렇게 온몸 안의 숨이 완전히 다 나가면 우리 몸은 공기를 그리워하게 된다. 들어가는 숨은 저절로 채워지는 것이다.

이렇듯 비워내야만 다시 채울 수 있다. 낡은 것을 걷어내야만 새로운 것을 받아들일 수 있다.

깊은 산속 옹달샘에서는 '333녹색호흡'이라는 호흡법을 배운다. 코로 큰 숨을 들이마신 다음 입을 벌려 "하~" 하며 길고 깊고 고요하게 내쉬기를 세 번 반복한다. 이어서 다시 큰 숨을 들이마시고 이와 이 사이로 "쓰~" 하며 내쉬기를 역시 세 번 반복한다. 다시 큰 숨을 들이마신 뒤 "엄~" 하고 내쉬기를 세 번 반복하면 1세트가 끝난다.

이렇게 3세트를 이어 하면 마음이 안정되고 혈압도 내려간다. 자기 전에 하면 숙면을 취할 수 있다. 중요한 판단을 내려야 할 때 이 호흡을 하고 나면 마음이 안정되어 훨씬 현명한 판단을 할 수 있다. 사람들 앞에 서야 할 때도 이 호흡을 하면 긴장이 누그러진다. 얼굴도 편안해지고 두려움도 사라진다.

333녹색호흡은 하루에 세 번 정도 하면 효과를 볼 수 있다. 내가 지금 호흡하고 있다는 사실을 알아차리면서 최대한 길게 숨을 내쉬며 반복하는 것이 중요하다.

우리가 늘 겪는 스트레스는 육체적 피로와 정신적 피로에서 비롯되는 것이 많다. 이럴 때 단 5분만이라도 호흡에 집중하면 피로가 풀리면서 기분도 바뀐다. 계속해서 열심히 하다 보면 단전에 힘이 모이면서 남다른 기운이 차고 넘치는 것을 느끼게 된다.

목표를 이루기 위해 꾸준히 나아가야 할 때 수시로 숨을 비우고 또 채우는 명상을 하면 덜 지치고 힘차게 나아갈 원동력을 얻는다.

밤과 낮이 교차하듯이, 들숨과 날숨의 호흡이 그러하듯이, 인생은 비움과 채움, 드러냄과 감춤, 은둔과 노출의 반복이다. 시계추처럼 양쪽을

왔다 갔다 하면서 자라나고 치유된다. 어느 한쪽이 부족하거나 깨지면 몸도 마음도 함께 깨진다. 중요한 것은 조화다. 선순환 구조 속에 조화를 이루어야 한다.

호흡을 하며 '지금 여기(now and here)'로 돌아오는 연습을 해보라. 숨을 들이쉴 때 공기와 더불어 '축복'을 마시고 숨을 내쉴 때 내 안의 '찌꺼기'를 모두 내뿜는다고 상상해 보라. 호흡을 할 때마다 나는 다시 살아난다. 호흡 자체가 건강과 행복의 통로가 된다.

"따로 앉아 명상할 필요가 없다"

지금이야 자리에 앉자마자 호흡에 집중한 채 곧바로 몰입할 수 있지만 명상을 처음 시작할 때는 어려운 순간이 참 많았다. 가부좌를 튼 다리가 몇 분도 안 되어 저려오고 곧게 세운 척추는 어느덧 구부정해졌다. 자세가 무너지자 들숨 날숨에 집중하던 호흡도 함께 무너졌다.

머릿속은 어느새 오만 가지 생각들로 들끓었다. 조금 전 나눈 대화는 말할 것도 없고 생전 기억도 나지 않던 어릴 적 장면들도 떠올라 머릿속을 채웠다. 조금 언짢은 일로 빚어진 불쾌함이 가슴속을 맴돌았고, 예전에 나에게 피해를 준 사람이 쓱 하고 등장하기도 했다.

명상은 생각을 내려놓고 털어내는 것인데 오히려 더 많은 생각이 불쑥불쑥 올라와서 무척이나 힘이 들었다.

명상 초기에는 잡념이 올라오면 잡념에 끌려다니기 쉽다. 빨리 털어내야지, 이런 생각은 하지 말아야지 하면 오히려 더 많은 생각들이 지고 올라와 호흡을 놓치기 쉽다. 그럴 때는 떠오른 생각들을 그대로 두고 다시 들숨과 날숨으로 돌아간다. 명상이 꽤 깊어졌다고 하는 사람도 잡념은 늘 올라온다. 하지만 그 잡념을 따라가진 않는다.

처음에는 누구나 명상이 어렵다고 생각한다. 그렇더라도 포기하지 말고 조금씩 시간을 늘려가면서 반복 훈련을 해보라. 그러면 점차 익숙해지면서 마음에 힘이 생기는 것을 알게 된다.

깊은산속옹달샘에서 명상을 접하고 가는 분들 가운데는 짧은 시간 동안에도 많은 변화를 체험한 경우가 많다. 전에 없는 고요, 충만함 속에 몸과 마음이 날듯이 가벼워지고 맑아지는 경험을 맛보는 것이다. 시작은 옹달샘이란 특정한 공간이었지만, 계속하다 보면 나중엔 시간과 공간에 구애받지 않는 단계에 이른다. 언제든지 어디서든지 할 수 있는 것이다.

명상의 기본은 반복이다. 같은 것도 꾸준히 반복해야 깊이를 체험할 수 있고, 자기 것이 된다. 명상은 밥을 먹는 것과도 같다. 우리가 하루 세 끼 식사를 하며 지속적으로 우리 몸에 영양을 공급하듯이 하루 세 번 명상을 하며 지속적으로 마음에 힘을 제공해야 내면의 근력도 단단해질 수 있다.

 "당신 마음의 거울에 먼지가, 경험의 먼지가 쌓인다. 그것은 지식이 된다. 그것을 씻어내라.

일곱 번째 시선
•

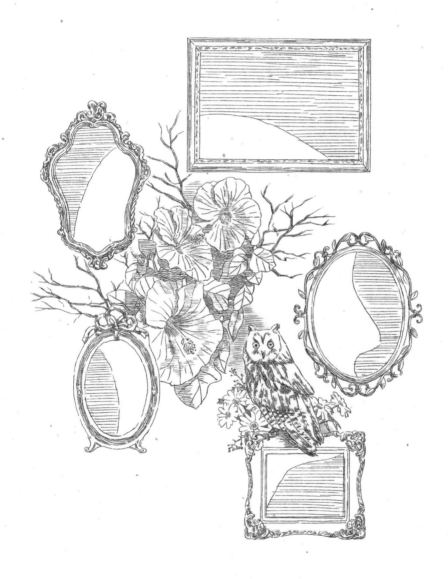

매일 명상이 필요한 이유가 그것이다.

명상이란 당신 마음의 거울을 씻는 것 외에 다른 것이 아니다.

계속해서 씻어라!

삶의 매 순간마다 씻어낼 수 있다면

그때는 명상을 위해 따로 앉아 있을 필요가 없다."

오쇼 라즈니쉬의 말이다.

"그때는 따로 앉아 있을 필요가 없다"는 말은 명상의 깊은 단계를 뜻한다. 그러나 그 경지에 이르는 것이 결코 쉽지 않다. 그렇기에 이 말은 그 단계에 이르기까지 '따로 앉아 명상할 필요가 있다'는 뜻도 된다. 명상의 초기 단계에서는 '따로 앉아' 하는 훈련이 필요하다.

'따로 앉아' 명상할 때 가장 좋은 자세가 결가부좌다. 부처님이 앉는 자세다. 오른발을 왼쪽 허벅지 끝 서혜부 자리에 바짝 당겨 올려놓고 왼발은 그 반대편 자리에 올려놓는다. 왼발과 오른발의 위치를 바꿔도 된다. 이것이 어려울 때는 두발을 바닥에 놓고 편안하게 반가부좌 자세, 또는 '양반다리'로 앉는다.

그다음 허리와 가슴을 곧게 펴고 턱을 살짝 아래로 당긴다. 손바닥을 하늘로 향한 채 손을 무릎 위에 가볍게 놓는다. 혀는 입천장에 붙인다.

앉아서 명상을 하면 깊이 집중할 수 있는 힘을 모으기가 더 쉽다.

잠자리에 들기 전에도 명상을 하면 숙면할 수 있다. 몸은 잠이 든 듯한데 의식은 깨어 있는 상태가 되면 명상을 제대로 잘 한 것이다. 잠을 쫓아가지 말고 명상에 집중하다 잠이 다가오면 그때 조용히 받아들이면 된다. 또 아침에 일어나서 5분쯤 앉아 명상을 하면 하루를 안정감 있게 시작할 수 있다.

매일 아침 세수를 하듯이, 꼬박꼬박 밥을 먹듯이, 밥 먹기 전에 손을 씻듯이, 먹고 난 후엔 이를 닦듯이, 빠지지 않는 일과가 되어야 명상은 비로소 "따로 앉아 명상할 필요가 없는" 경지에 이르게 된다. 하루하루의 삶 전체가 곧 명상이 되는 것이다.

누구에게나 기도의 방이 필요하다

한 걸음을 뗄 수도 없을 만큼 몸이 무거울 때가 있다. 천근 만근 그 무게감에 꼼짝도 못할 때가 있다. 막다른 고독과 절망감이 겹칠 때는 더욱 그렇다. 바로 그때 나는 기도를 시작한다.

"내가 너를 사랑하노라."

하늘에서 들리는 미세한 음성에 뜨거운 눈물을 쏟고 다시 마음을 정돈한다.

"감사합니다. 더욱 힘을 내 걸어가겠습니다."

나의 집필실 다락방에는 나만의 기도실이 있다. 그곳에서 나는 내가 믿는 하나님을 붙잡고 기도한다. 내 영혼을 내맡기고 그분께 매달리고 간구하며 눈물을 쏟아낸다. 그러고는 다시 밝은 얼굴로 사람들 앞에 선다.

이때 흘리는 눈물은 정화수와도 같다. 오늘도 이렇게 살아 있음에 감사 드리는 감사의 눈물이고, 절망감에 이르는 절대고독을 이겨내게 하는 치유의 눈물이다. 고통스러울 때, 아플 때, 슬플 때 흘리는 물리적인 눈물이 아니라 그것이 한 번 더 승화되어서 나오는 영혼의 빗물이다. 류시화 시인이 "눈에 눈물이 있어야 영혼에 무지개가 뜬다"라고 했던 그런 눈물이다.

간곡한 기도는 자신을 넘어 타인의 영혼을 움직이기도 한다. 특히 어머니의 눈물 어린 기도는 자녀의 마음을 움직인다. 『참회록』으로 유명한 성 어거스틴은 이십대 후반까지 술과 환락에 빠져 지낸 난봉꾼이었다. 그러나 그의 어머니는 자식을 믿고 기도를 멈추지 않았다. 그 어머니의 어록에 이런 말이 있다.

"어머니가 기도하는 아들은 망하지 않는다."

탕아와 같던 아들 어거스틴은 어머니의 기도와 축복 속에 성인이 되었다.

어린 시절 나의 어머니는 궁핍한 살림에 어려움을 겪으면서도 늘 자식을 위해 기도하셨다. 그 어느 날 어머니가 기도하며 흘리던 눈물방울이 내 얼굴에 떨어졌던 순간을 지금도 기억한다. 그 눈물이 내 영혼의 우물에 고여, 지치고 힘들 때마다 샘물처럼 솟아나와 내 영혼을 씻어준다. 나는 오늘도 나만의 기도실에서 어머니가 흘렸던 눈물의 기도를 생각하며, 그 기도를 이어간다.

젊은 날 끝도 안 보이는 고생길을 걸을 때 많은 기도를 올렸다. 제발 이 기도가 통하여 하루 빨리 고난을 통과하고 싶었다. 하지만 나의 조급한 마음과 달리 삶은 달라지지 않았다. 어두운 터널을 벗어나기까지는 꽤 시간이 흘렀다. 한때는 원망하는 마음도 있었지만 그때의 단련으로 오히려 지금 많은 이들과 함께 걸어갈 수 있음을 생각하면 감사한 일이 아닐 수 없다.

흔히 기도란 개인적인 바람을 이야기하면서 무언가를 달라고 매달리는 것이라고 생각한다. 가장 좁은 의미의 기도이다. 기도의 바람이 나에게만 머물지 않고 옆에 있는 사람을 위해, 이타적인 방향으로 이어질 때 더 큰 의미의 기도가 된다.

누구나 살아가며 자기만의 기도방이 필요하다. 아이가 부모 품에 안겨 안식을 얻듯이 홀로 간구하고 눈물 흘릴 수 있는 공간이다. 그런 기도의 공간이 있다면 그곳은 자신만의 성소, 위안처가 될 것이다. 가장 고요하고 가장 평화로운 시간을 안겨줄 것이다.

기도는 종교를 가진 사람만이 할 수 있는 것은 아니다. 우리 마음 깊은 곳에는 누구에게나 신성이 자리잡고 있다. 그래서 '내 안의 예수' '내 안의 부처'가 있다는 표현을 하게 된다. 인도에는 '나마스테'라고 인사한다. '내 안에 있는 신이 당신 안에 있는 신에게 경배한다'라는 뜻이다.

프란치스코 교황은 『천국과 지상』에서 이렇게 말했다.

"기도란 말하는 것이고 듣는 것입니다. 깊은 침묵과 경배, 다음 순간 우리에게 어떤 일이 일어나는지 인내하고 기다리는 시간입니다."

조급하게 어떤 결과를 기다리지 않고 기도하며 최선을 다할 때 하늘은 응답을 준다. 마음의 평화와 행복이라는.

복은 저절로 따라온다.

별채기 달채기

푸르른 하늘을 올려다본 것이 언제인가? 밤하늘을 쳐다보며 별자리에 눈길을 주어본 게 언제인가? 바쁘게만 살다 보니 하늘을 보는 일이 거의 없다. 밤하늘의 별을 바라보기를 잊은 지도 오래다.

깊은산속옹달샘에는 '하늘다락방'이 있다. 천장에 창이 있어 밤하늘의 별을 볼 수 있다. '내 마음 북극성'이라 이름 붙인 건물의 옥상에서도 밤이면 별빛을 보며 명상을 할 수가 있다. 바로 '별채기' 명상이다. 밤이 주는 고요함과 별빛이 주는 에너지가 큰 영감을 준다.

또 깊은산속옹달샘 중심 산자락에는 '달빛정원'이 있다. 내가 직접 붙인 이름인데, 보름달이 뜬 날 올라가면 대낮처럼 한가득 쏟아지는 달빛을 볼 수 있다. 이곳에서는 달빛 명상을 한다. 달빛으로 샤워를 한다. 그러노라면 영혼이 성화되어 가는 느낌을 받는다.

고요한 방 안에서 하는 명상도 좋지만 자연에서의 명상은 더 깊어진다. 정말 경이롭다. 나도 모르게 샘솟는 기운이 내 안에서 느껴진다. 비가 내릴 때 눈이 쏟아질 때 하는 명상은 환상적이다. 사시사철 날씨 따라, 기온 따라 마음의 소리가 달라진다. 들리는 것이 달라진다. 자연은 예술과도 같은 영감의 원천이다.

이 지구상에는 명상과 기도를 하기 좋은 '상서로운 땅'이 있다. 그 상서로운 땅을 찾아 지금까지 여러 곳을 여행해 왔다. 그곳에서 명상을 이끄는 경험을 했다. 특히 잊을 수 없는 몇 군데가 지금도 기억에 생생히 남아 있다. 그중 한 곳이 티베트의 매리설산(梅里雪山)이다. 아직까지 사람들이 한 번도 정상에 올라가보지 못한 처녀봉으로 남아 있는 성산(聖山)이다.

그 성산 꼭대기에서 이어지는 계곡에 빙하가 펼쳐져 있다. 그 빙하를 앞에 두고 명상을 했던 순간을 아직도 잊을 수가 없다. 명상을 시작하고 깊어지던 바로 그때 빙하가 무너지는 소리를 들었다. 천둥소리 같았다. 우르릉 쾅, 지상의 오랜 기억을 품은 신비가 부서져내리며 내 가슴을 쳤다. 해묵은 생각들이 깨져나가면서 온몸에 전율이 일었다.

러시아의 바이칼 호수도 잊지 못한다.

바이칼 호수는 그 장대한 크기만큼이나 영혼에 깊은 울림을 안겨주는 성스러운 곳이다. 신대철 시인의 시 「바이칼 키스 1」에는 "바이칼은 호수 이름이 아니라 / 피의 영혼의 이름이죠?"라는 대목이 나오는데, 정말 절묘한 표현이 아닐 수 없다.

이른 새벽 여명에 자리를 잡고 앉아 일출 명상을 하는 곳은 바이칼 호수에서 가장 수심이 깊은 곳이다. 하얗다 못해 시퍼렇게 빛나는 얼음 위에 앉아 있노라면 마치 다른 세상에 앉아 있는 느낌이 든다.

어느덧 마음의 문이 순식간에 열리고 태초의 고요함이 찾아든다. 바로 그 순간 쩍쩍 얼음이 갈라지는 소리가 천둥소리처럼 들려온다. 그 소리는 마치 죽비소리처럼 잠든 내 영혼을 깨어나게 한다.

자연은 우리를 일깨우고 열리게 하고 내려놓게 한다. 순간순간 뭉클한 감동을 반복해서 안겨준다. 그래서 명상과 자연은 떼려야 뗄 수 없는 관계라 할 수 있다.

계절이 변할 때마다, 주변 환경이 달라질 때마다 명상은 새로운 경험으로 다가온다. 자연은 우리를 더 겸허하게 만들고 더 비우게 한다. 그리고 올바르게 쉬게 해준다.

'쉴 휴(休)' 자는 '사람 인(人)' 변에 '나무 목(木)' 자로 이루어져 있다. 사람이 나무 곁에 있을 때 즉 자연 속에 있을 때 휴식이 된다는 의미이다. 나무는 우리에게 천연의 에너지를 준다. 미시간대학 연구팀의 한 연구에 따르면, 10분쯤 나무 아래 앉아 나무의 깊은 향을 음미하거나 낙엽이 바스락거리는 소리를 들으면 우리 뇌의 전두엽이 활성화되고 에너지가 배가된다고 한다.

진정한 휴식을 취하고 싶을 때, 새로운 에너지를 얻고 싶을 때는 자연

을 찾아가라. 자연은 아주 오랜 시간 그 자리를 지키며 우리에게 휴식과 치유의 에너지를 선물해 왔다.

엄청난 기운이 자연 속에 담겨 있다. 숲 속에 등을 대고 누우면 흙에서 올라오는 온기가 고스란히 전해진다. 배를 대고 엎드리면 땅의 기운으로 배가 편안해진다. 그래서인지 사람들은 몸이 아프거나 마음을 다쳤을 때 산을 찾거나 숲으로 가게 된다.

몇 해 전 〈강연 100℃〉라는 TV 프로그램에 출연하여 나의 살아온 이야기를 잠깐 전해줄 기회가 있었다. 두 명의 출연자가 더 있었는데 그중 한 분이 유난히 유쾌하고 웃음이 많았다. 그런데 그분의 이야기에 깜짝 놀랐다. 오래전부터 여러 종류의 암으로 생사를 넘나들며 투병생활을 해오고 있었던 것이다.

그분은 그날 자신이 어떻게 위중한 상태에서 다시 희망을 되찾게 되었는지를 들려주었는데, 그 희망의 중심에 '산'이 있었다고 했다. 산에 들어감으로써 다시 살아났다는 이야기였다. 산은 사람을 살린다. 죽어가던 사람도 다시 살아나게 도와준다.

독일이나 일본은 숲과 산림의 치유 효과에 일찍 눈뜬 나라다. 독일의 경우 삼림욕과 같은 치유요법도 건강보험에 적용이 될 정도다.

멀리 떠나야만 자연을 만날 수 있는 건 아니다. 가까운 뒷산이나 도심의 숲도 좋다. 한 그루의 나무만으로도 우리는 그에게서 많은 것을 얻을 수 있다. 시시때때로 짬을 내어 자연으로 돌아가자!

우리는 분명 지금 이 순간 행복을 선택할 수 있지만,

그것을 자주 방해하는 훼방꾼이 있다.

바로 너무 많은 생각들이다.

우리의 마음은 늘 현재에 머물지 않고

과거로 미래로 바쁘게 움직인다.

온 집안을 손수 뜨개질한 작품으로 장식해서 화제가 된 여성이 있었다.

그녀는 남편의 사업이 어려워지면서부터

이런저런 걱정으로 밤에 잠도 못 잘 정도였다.

이러다 돈도 잃고 건강도 잃겠다 싶어 무작정 뜨개질을 시작했다.

그런데 뜨개질을 하다 보니 잡념을 잊을 수 있었고,

어느새 몸과 마음이 건강해졌다.

한 가지 일에 몰두하다 보면 산란한 마음을 모을 수 있다.

삶의 모든 순간이 소중해지면서,

어느덧 소소한 행복을 발견하는 기쁨을 만날 수 있게 된다.

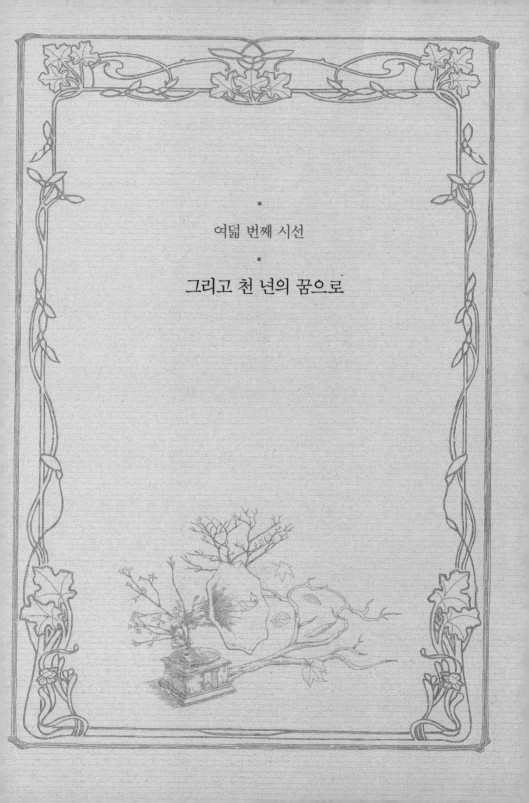

여덟 번째 시선

그리고 천 년의 꿈으로

한 중년 남성이 물었다.
"속절 없이 나이만 먹었다는 후회가 큽니다.
지금부터라도 행복하게, 충만하게
나이드는 방법이 없을까요?"

행복하게 나이드는 비결

우리나라에서 최고 시설을 자랑하는 실버타운에 강연을 간 적이 있다. 유명 기업이 경영하는 곳으로 입주 비용도 엄청났고 입주자들이 매달 내는 회비도 만만치 않았다. 그런데 그 입주자들의 하루 일과가 나에게는 매우 이채롭게 느껴졌다. 아침에 일어나서 운동하고 밥 먹고 진찰받고, 또 운동하고 밥 먹고 진찰받고, 또 밥 먹고 자는 것이 대부분이었다.

의료시설이 잘 되어 있기 때문에 건강관리 수준은 최고급이었다. 입주자들은 그곳에서 매일매일 건강진단을 받아가며 노년을 보내고 있었다. 그분들의 관심사는 오직 건강이었다. 오로지 건강을 걱정하는 삶, 그곳에서 강연을 하다가 갑자기 이런 생각이 들었다.

'이것은 혹시 돈을 내고 스스로 갇혀 사는 감옥이 아닐까?'

행복하게 나이 드는 삶이란 정말 무엇일까. 최고급 실버타운에 들어가 오로지 건강만을 생각하며 하루하루를 소일하는 것이 행복하게 노년을 보내는 삶일까?

언젠가 구당 김남수 옹이 "137세까지 사는 게 꿈이다"라고 이야기한 것을 들었다. 그런데 그분의 설명이 재미있었다.

"세계에서 가장 오래 산 분이 일본 사람인데 136세까지 살다가 가셨어요. 그 기록을 내가 깨려고요."

농담 반 진담 반으로 한 이야기였지만, 그분의 말뜻은 실버타운에 들어가 137세까지 살겠다는 것은 아니었을 것이다. 그때까지 건강하게 살면서 사회활동도 왕성하게 하고 봉사활동도 열심히 하고 아픈 사람들을 찾아가 자신의 건강비법을 전수하면서 살겠다는 뜻이었을 것이다. 아무튼 137세까지 사는 게 꿈이라는 그분의 이야기를 잠시 생각했다.

'오래 사는 것도 좋지만, 더 중요한 것은 어떻게 살면서 나이를 먹느냐 하는 것이구나.'

100세까지 사느냐, 150세까지 사느냐가 중요한 것이 아니라 남은 인생을 어떤 방향으로 어떻게 살아갈 것인가 하는 문제가 더 중요한 것이다.

이런 깨달음으로 시작한 것이 옹달샘의 '금빛청년 힐링캠프'다. 노년의 시간을 좀더 충만하고 의미 있게 보내기 위해 개설한 프로그램이다. 이 프로그램에 '금빛' '청년' '힐링'이라는 이름을 붙인 데는 이유가 있다.

첫 번째, '금빛'은 영예로운 인생을 의미한다. 노년을 이야기할 때 대개는 황혼의 빛을 떠올리지만, 나는 노년을 금빛으로 비유하고 싶었다. 황혼은 지는 빛이지만 금빛은 결코 퇴색하지 않는다. 삼천 년 전 무덤 속에 묻혀 있던 왕관이나 귀고리 같은 금붙이는 아무리 세월이 흘러도 그 빛을 형형하게 유지한다.

노년 세대가 지난 시절에 겪었던 그 모든 것들이 이제는 금빛 면류관일 수 있다. 전쟁의 시대, 궁핍의 시대, 고난의 시대를 살면서 겪은 경험과 통찰들이 사회활동으로 봉사활동으로 젊은 세대에게 전수될 때 그 금빛은 길이길이 영예롭게 빛날 수 있다는 것이 나의 생각이다.

두 번째, '청년'은 나이를 말하는 것이 아니다. 정신을 의미한다. 청년의 기백, 청춘의 열정을 뜻한다. 꿈에는 나이가 없다. 언제든 꿈을 꿀 수 있다. 또 꿈이 있는 사람은 나이가 들어도 청년정신으로 살아갈 수 있다.

아무리 나이를 먹었어도 지금 꿈을 세운다면, 오늘 이후부터 나이를 거꾸로 먹어가기 시작한다. 백 살로 향하는 게 아니라 쉰 살, 마흔 살로 거꾸로 내려가는 것이다. 그래서 오히려 나이 들어가면서 청년의 기백이 더 살아나고 청춘의 열정을 가지고 남은 세월을 더 보람 있고 행복하게 보낼 수 있게 된다.

세 번째, '힐링'은 치유의 개념이다. 앞에서도 언급했듯이 약이나 어떤 물질로 치유하는 게 아니라 내 안에 있는 마음의 에너지로 나 자신을 치유하는 것이다. 내가 나를 치유하는 단계에서 남을 치유하는 단계로 넘어가면 '힐러'가 될 수 있다.

옹달샘은 이 '힐러'들을 키워내는 곳이다. 힐러가 되어 옹달샘에 머무는 것이 아니라 그동안 열심히 살아온 자신의 삶의 공간, 그리고 타인의 삶의 공간에 깊숙이 들어가 다른 사람들을 치유하는 것이다.

힐러의 힘은 그 사람의 기운, 주파수에 녹아 있다. 철부지 시절 유독 편안하게 느껴지는 사람이 있다. 바로 할머니 할아버지다. 젊어서 자식을 키울 때만 해도 아이들 야단치기 바쁘지만, 할머니 할아버지가 되면 손자 손녀에게 감정적으로 화내는 이가 별로 없다. 아무리 부부싸움을 해서 화가 났더라도 손자 손녀의 얼굴을 보면 금방 웃음이 나온다. 아이를 있는 그대로 예쁘다고 품어줄 줄 아는 너그러움이 나이와 함께 배어나오기 때문이다.

그러니 나이가 든다는 것은 어떤 면에서 힐러의 자리에 왔다는 뜻이

기도 하다. 내 가족 돌보기에도 빠듯하던 시간을 지나 내 아이, 내 가족뿐만 아니라 주변 사람들을 껴안을 수 있는 나이가 된 것이다.

만약에 나이가 지긋함에도 그렇지 못하다면 지금부터라도 타인을 품는 마음을 갖기 시작해야 한다. 그러면 어딜 가든 환영받는 사람이 된다. 얼굴도 저절로 환하게 펴지고 몸과 마음에 활력이 생기면서 젊어지는 효과도 덤으로 얻을 수 있다.

보통의 것들은 시간이 지나면 빛이 바랜다. 세월이 흐르면 유행 따라 수명을 다한다. 그러나 시간이 지날수록, 세월이 흐를수록 더욱 빛이 나고 생명력이 살아나는 것, 시간과 싸워 이긴 고전(古典) 같은 것이 있다. 우리의 인생, 우리의 사랑도 나이가 들수록 고전처럼 깊은 향기를 내뿜을 수 있었으면 좋겠다.

향기롭게 발효되는 낙엽처럼

"젊음은 알지 못한 것을 탄식하고, 나이는 하지 못한 것을 탄식한다."

프랑스의 인문학자 앙리 에스티엔의 말이다. 나이가 든 사람일수록 이 말에 동감하는 이들이 많을 듯하다. 나이가 들어갈수록 해보지 못한 것, 해야 했지만 할 수 없었던 것에 대한 회한이 많아진다. 자기 인생이 '가을'에 이르면 그런 회한이 더욱 깊어진다. 떨어지는 낙엽을 보면, 한 해가 저물어간다는 아쉬움과 더불어 내 인생의 가을도 깊어간다는 감상에 젖게 만든다.

옹달샘에서 가을 산을 오르면서 질문 하나가 내 안에 생겨났다.

'가을마다 이토록 많은 낙엽이 다 떨어져 쌓여 썩는데 산은 왜 늘 향기로운 냄새가 나지?'

옹달샘에서 김장을 할 때는 엄청나게 많은 배추를 뽑아서 밭에 쌓아 놓는다. 김장을 마칠 즈음이면 밭에 버려졌던 시래기에서 썩는 냄새가

진동한다. 배추밭의 배추는 썩어 악취를 풍기는데 숲 속 낙엽은 썩어도 왜 향기를 낼까? 가을 산을 오르고 내릴 때마다 궁금했던 것이다.

그런데 얼마 전 번쩍 그 해답을 찾았다.

낙엽은 수분이 없다. 완전히 말라서 떨어지는 것이다. 0.1밀리그램이라도 수분이 남아 있으면 그 수분이 완전히 마를 때까지 나뭇가지에 매달려 기다린다. 그러다가 완전히 마른 상태가 되어야 떨어진다. 그렇게 떨어진 낙엽은 배추처럼 썩는 것이 아니라 숲 속에 가득한 유익균에 의해 발효되는 것이다.

향기로운 낙엽의 그 '완전한 버림'에 대해 생각하게 된다. 우리의 인생이 어떠해야 할지를 배운다. 우리 인생이 기울어져갈 때를 황혼이라고 한다. 그 황혼의 시기, 인생의 가을이 되었을 때 낙엽처럼 다 비우고 갈 수 있다면, 썩은 냄새가 나지 않고 오히려 향기롭게 발효될 수 있을 것이다. 그러면 언제까지나 향기로운 삶으로 기억될 것이다.

어느 봄날, 산길에서 걷기 명상을 하고 난 뒤 한 분이 이런 이야기를 했다.

"봄이 되어 산길을 걷는데, 얼어붙은 땅에서 새순이 파릇파릇 올라오는 것을 보고 땅의 생명력을 느꼈어요. 그리고 그 생명력 밑에는 이미 거름으로 변한 낙엽이 있다는 걸 알았어요."

그분은 한마디를 더 덧붙였다.

"젊어서는 오로지 채우며 사는 데 온통 신경을 썼어요. 이제는 어떻게 제대로 비워야 하는지를 생각하게 돼요. 그것이 자식들에게 더 좋은 자양분이 되어줄 것이라는 믿음이 생겨요."

이렇듯 푸르던 잎이 낙엽으로 떨어져 잘 썩게 되면 숲을 더욱더 기름지게 만든다. 내 삶에서 끝나는 게 아니라 후대를 살리는 내어줌을 생생하게 보여주는 것이다.

80세를 넘긴 일본 교세라 그룹의 이나모리 가즈오 회장은 이렇게 말한다.

"'이 세상에 무엇을 하러 왔는가?' 이 질문에 나는 망설임 없이 '태어났을 때보다 조금은 더 훌륭한 인간이 되기 위해, 조금이라도 더 아름답고 숭고한 영혼을 가지고 죽기 위해서'라고 대답할 것이다."

인생의 계절이 깊어질수록 생각도 깊어진다. 가을의 낙엽을 보면서도 향기로운 삶의 지혜를 배우게 된다. 가을의 단풍처럼 나이가 들수록 아름다워지는 사람, 낙엽처럼 자기만의 은은한 향을 갖는 사람, 그래서 노추(老醜)가 아닌 청춘의 향기를 내뿜는 사람이 되고 싶다.

후회 없이 오늘을 살기

　　언젠가 건강검진을 받고 심각한 이상 징후를 발견한 적이 있다. 암일지도 모른다는 것이었다. 일주일 후면 결과가 나온다는 이야기를 들었을 때 가장 먼저 든 생각은 '죽음'이었다.

　'지금 죽는다면 어떻게 해야 하지?'

　'남은 시간이 5년이라면 어떻게 해야 하지?'

　충격이 컸다. '올 것이 왔구나' 하는 생각이 큰 두려움으로 다가왔다. 얼마 시간이 남지 않았다면, 무엇을 정리하고 무엇을 놓고 갈 것인지 마음이 바빠졌다. 다행히 괜찮다는 결과가 나왔지만, 나는 마치 죽었다 살아난 느낌이었다. 이 일을 겪으면서 한 가지 다짐이 남았다.

　'이제부터 내 삶은 모두 덤이다.'

　그러면서 무엇에 삶의 가치를 둘 것인가에 대한 기준이 달라졌다.

　『하워드의 선물』이란 책에서 인생의 지혜를 들려주는 하워드 스티븐

슨 교수도 어느 날 교정을 거닐다가 갑작스런 심장마비로 쓰러졌다. 기적적으로 깨어난 그는 병문안을 온 제자에게 평안한 미소로 인생에 후회란 없다고 말한다. 그리고 죽음의 문턱을 넘으며 깨닫게 된 삶의 지혜를 이렇게 일러준다.

"죽음을 맞이하는 순간에 자네 인생이 어떻게 보였으면 좋겠나? 길었던 인생의 여정 중에서 못마땅한 것도 많고 그럭저럭 만족스러운 것도 있겠지만, 적어도 '그래, 그거 하나만큼은 참 잘한 것 같군!' 이렇게 말할 수 있는 게 뭘까? 거기서부터 시작하는 거야."

하워드 교수는 인생의 마지막 순간에 꼭 남기고 싶은 게 뭔지 알고 나면 살아가는 동안 많은 것이 바뀔 거라고 말했다. 그의 말처럼 죽음과 맞닿은 순간에는 인생에서 정말 중요한 것만 남는다.

몇 해 전 급발진 사고를 당했을 때, '아, 이게 죽는 거구나!' 하는 걸 느꼈다. 그러고 나니까 인생의 순간순간이 모두 다 소중하게 느껴졌다. 그 찰나의 경험이 죽음에 대해 생각해 보게 했고 많은 것을 내려놓게 했고, 스스로에게 묻게 했다.

'정말 내게 의미 있는 일이 무엇인가?'

그러면서 웬만한 세속적 목표나 성공은 그것을 추구하는 사람에게 맡기고, 나는 옹달샘이라는 힐링 공간의 주인장으로 살면서 그 토대에서 의미 있는 일을 하는 것이 가장 중요한 가치라는 쪽으로 마음이 정해지며 모든 것이 편안해졌다.

그리고 천 년의 꿈으로
•

15년 동안 써온 아침편지 중에는 죽음에 대한 글이 하나도 없다. 가끔 나이 드신 분들이 이렇게 묻는다.

"어떻게 죽는 게 잘 죽는 겁니까?"

그럴 때 나는 이렇게 말씀드린다.

"열심히 잘 사는 것이 잘 죽는 겁니다."

잘 죽는 것, 웰 다잉이란 말이 있다. 최고의 웰 다잉은 바로 웰 리빙이다. 잘 사는 것이란 하루하루 감사하며 사는 것이다. 미래에 올 죽음에 대해서 미리 걱정하지 않는 것이다.

우리 인생은 누구나 시한부다. 또 언제 어떤 사고가 내 앞에 닥칠지도 모른다. 삶의 유한성을 자각하는 것은 매우 중요하다. 그러나 그 마지막 순간을 걱정한 나머지 현재의 삶을 놓치는 우를 범해선 안 된다. 언제 떠날지 모르니 주어진 시간 동안 좀더 최선을 다해서, 그리고 좀더 겸허하게 살아야 한다.

사람이 갑자기 죽음에 맞닥뜨리면 허망하니까 뭔가 준비를 해둬야 하는 게 아니냐고들 한다. 그러나 아직 오지 않은 죽음을 걱정할 필요는 없다. 더구나 죽음 이후의 문제까지 미리 걱정하며 살 필요는 없다. 지금 '더 열심히 살아야겠다' '더 사랑하겠다' '더 감사하겠다' 하는 마음으로, 그렇게 오늘을 사는 것이 현명한 태도라고 나는 믿는다.

'어떻게 더 열심히 살 것인가'를 생각할 때 죽음에 대한 태도도 편안해질 수 있다. 지금 여기에서 집중하며 살다 보면 마지막 순간이 다가와도 그리 무섭지 않게 오히려 가벼운 마음으로 떠날 수 있을 것이다.

천 년의 꿈을 꾼다

고도원. 아버지가 지어주신 이름이다. 지금도 가끔 "고도원이 사람 이름입니까?"라는 재미있는 질문을 받곤 한다. 그런데 이름이란 게 신기해서 운명을 결정하는 힘이 있다.

내 이름은 '길 도(道)'에 '근원 원(源)'을 쓰고, 나의 아우 이름은 고성원인데 '거룩할 성(聖)'에 '근원 원(源)'을 쓴다.

지금 그 이름대로 살고 있는 우리 형제의 모습을 보면 놀랍기까지 하다. 나는 아버지의 길을 잇기 위해서 신학을 전공했지만 제적을 당해 십 년 동안 고생하고 글쟁이의 길을 걸어서 여기까지 왔다. 아침편지를 쓰면서 '마음의 길을 내는 사람'이 됐다.

내 아우는 경제학과 출신으로 좋은 기업을 다니다가 마흔 살 되자마자 삶의 방향을 틀어 지금은 목사로 살고 있다. 용인의 한 교회에서 목회를 하고 있다. 결국 자기 이름대로 살고 있는 셈이다.

이름값, 그 이름의 주인공인 내가 만들어가는 인생에 따라 결정된다. '사람은 죽어 이름을 남긴다'는 말은 '인생을 남긴다'는 뜻과 통한다. 그 사람이 살아 있을 때 '어떻게 살았느냐'에 따라 이름값이 달라진다. 그 이름값이 나뿐만 아니라 세상의 값도 바꾼다.

내가 어렸을 때 아버지는 일곱 개의 시골 교회를 손수 지으셨다. 볏짚을 넣은 흙벽돌을 만들어서 집을 짓는 아버지의 모습을 보면서 자랐다. 나도 덩달아 고생을 많이 했다. 아버지의 꾸지람을 수도 없이 들으며 흙벽돌을 만들고 교회를 지었다. 그 고통스러운 시간을 생각하면 지금도 코끝이 시려온다.

그런데 그때 아버지의 교회 짓는 모습을 곁에서 지켜보지 않았다면 오늘의 깊은산속옹달샘 건립은 불가능했을지도 모른다. 아마도 너무 힘들어서 중간에 포기했을 수도 있다. 그때 아버지가 흘렸던 땀과 눈물이 지금 나에겐 자양분이고 에너지의 원천이기도 하다.

깊은산속옹달샘이 오늘의 모습을 갖춰가는 것을 보고, 많은 분들이 "다 이루셨네요, 좋으시겠어요"라고 인사를 건넨다. 이곳을 벤치마킹하려고 방문하는 많은 분들의 첫 마디도 거의 같다. "참 행복하시겠습니다." 누구나 부러워한다.

나는 그분들에게 이렇게 이야기한다.

"참 행복합니다. 그러나 이곳의 시설만 보지 마시고 여기에 흘린 땀과 눈물도 함께 보고 가세요."

하나하나의 건축물에는 그 안에 숨어 있는 것이 있다. 단지 돈이나 기술이 아니라, 꿈과 눈물과 땀, 혼이 배어 있다.

그리스 북부 메테오라에는 기암절벽 위에 수도원이 여러 곳 세워져 있다. 처음 그 수도원들을 보았을 때 놀랍기만 했다. 도대체 저 높은 절벽 끝에 어떻게 그토록 거대하고 아름다운 건물을 지을 수 있었는지 경이로웠다. 벽돌 하나 올리기도 힘들었을 텐데……

그때 묵고 있던 호텔 로비에서 인상적인 사진을 발견했다. 큰 절벽 밑에 있는 작은 '움막집'의 사진이었다. 고색창연한 천 년의 수도원도 처음부터 위풍당당한 모습을 갖춘 게 아니라 바로 이 움막집처럼 보잘것없는 곳에서 시작되었겠구나 하는 생각이 들었다.

엄청난 규모와 아름다움을 자랑하는 수도원은 일이 년 만에 이루어진 게 아니라 백 년, 육백 년, 천 년의 세월이 흐르면서 완성되어 간 것이다. 그 역사를 떠올리면서 가슴이 뭉클해졌다. 누군가 맨 처음 한 사람이 기도했던 작은 움막집이 천 년 후에는 이처럼 전세계의 수많은 사람들이 순례하는 아름다운 수도원으로 바뀔 수 있었다는 사실에 크나큰 감동이 밀려왔다.

그 감동이 나를 다시 일으켜세웠다. 내가 아무도 걷지 않은 '황당한' 꿈을 갖고 냈던 길 하나가 많은 사람들이 함께 걸어가는 큰길이 되고, 머지 않아 전 세계 사람들이 한번은 꼭 오고 싶어 하는 명소가 될 수도 있다는 확신과 함께.

그리고 천 년의 꿈으로
•

나라를 잃고 떠돌던 유대인들은 땅을 살 때 삼백 년 후를 내다보고 산다고 한다. 지금은 비록 버려진 땅일지라노 후대를 생각해 삼백 년 후의 가치를 보고 땅을 산다는 것이다. 전세계 금융과 문화의 중심지라 하는 뉴욕의 땅을 많은 유대인들이 소유한 것이 바로 그러한 예일 것이다.

일본인들도 나무를 심을 때 삼백 년을 내다보고 심는다고 한다. 자기 대에는 씨앗을 뿌리지만, 삼백 년이 지나면 엄청난 가치를 지닌 우람한 재목으로 키우기 위해서다. 미래 세대를 위해 오늘 씨앗을 뿌리는 것이다.

꿈도 그와 같다. 꿈의 씨앗을 뿌릴 때 천 년을 생각하는 꿈도 있다. 메테오라 수도원처럼, 거목이 된 나무처럼.

지금 나는 그 천 년의 꿈을 꾼다. 나의 남은 생애 내가 할 일은 생의 마지막 날까지 혼을 담아 깊은산속옹달샘을 잘 가꾸는 것이다. 내가 가고 난 뒤에는 또 누군가가 더 아름다운 길을 내가면서 아름답게 만들어가리라는 소망을 담고서. 그것이 내 천 년의 꿈이다.

'나이를 거꾸로 먹는다!'
좋은 덕담, 좋은 칭찬의 말이다.
한 해 한 해 나이가 드는 것은 막을 길이 없다.
그러나 마음은 따로 가야 한다.
마음은 젊어지고 생각은 더 젊어져야 한다.
소년의 마음으로 세상을 보고,
청년의 기백으로 세상을 걸어가야 한다.
나이를 잊어야 꿈도 눈빛도 더 형형해지고 몸도 젊어진다.

삶은 늘 새로운 것의 연속이다.
어제의 낡은 것에 머물지 않고
오늘 새로움을 찾아 나서면 삶은 늘 청춘이다.
시간 앞에 지지 말고 가슴속에 꿈의 씨앗을 뿌리자.

혼이 담긴 시선으로

초판 1쇄 2015년 3월 23일
초판 4쇄 2019년 10월 30일

지은이 | 고도원
펴낸이 | 송영석

주간 | 이혜진 · 이진숙
기획편집 | 박신애 · 정다움 · 김단비 · 심슬기 **외주편집** | 구해진
외서기획편집 | 정혜경
디자인 | 박윤정
마케팅 | 이종우 · 김유종 · 한승민
관리 | 송우석 · 황규성 · 전지연 · 채경민

펴낸곳 | (株)해냄출판사
등록번호 | 제10-229호
등록일자 | 1988년 5월 11일(설립일자 | 1983년 6월 24일)

04042 서울시 마포구 잔다리로 30 해냄빌딩 5 · 6층
대표전화 | 326-1600 **팩스** | 326-1624
홈페이지 | www.hainaim.com

ISBN 978-89-6574-382-8

파본은 본사나 구입하신 서점에서 교환하여 드립니다.

 꿈꾸는 책방은 (주)해냄출판사와 아침편지 문화재단이 함께 만들어가는 출판 브랜드입니다.